LES

DEUX RÈGNES.

OUVRAGES DU MÊME AUTEUR.

Une Fête de Néron, tragédie en 5 actes, deux éditions, in-8°.

Les Tristes, recueil de poésies, deux éditions in-18.

Le Souper d'Auguste, — Malesherbes, — les Malheurs de Parga, — le Batelier du Tage, — les Funérailles du général Foy, — le Tyran de Lisbonne, — le Buste, — la Soupe de soldat, — l'Arc-de-Triomphe, — les Esprits, poèmes détachés.

Pour Paraître prochainement :

Un volume de Poésies politiques.

Un volume de Poésies intimes.

Montézuma, tragédie en 5 actes et en vers.

Le Cardinal de Richelieu, comédie historique en 5 actes et en prose.

LES

DEUX RÈGNES.

POÉSIES

PAR L. BELMONTET.

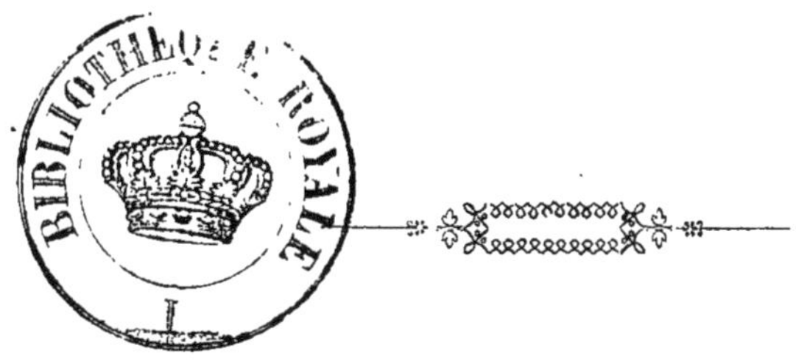

Paris.

TRESSE, LIBRAIRE, PALAIS-ROYAL,

BOHAIRE, LIBRAIRE, RUE DE GRAMMONT, 6.

—

1843

Un soir que, pour distraire les ennuis de sa captivité, l'Empereur Napoléon venait de lire quelques vers fugitifs de l'un de nos poètes modernes, il jeta du haut de son rocher de Sainte-Hélène cette parole prophétique qui renfermait un grand sens, comme tout ce qui sortait de sa bouche de grand homme:

« La poésie personnelle a fait son temps. »

C'est-à-dire celle qui n'a pour objet que la confidence des sensations privées et qui n'est que l'émanation isolée de l'individualisme. Le pronom de la première personne n'a plus rien à faire en littérature, car la littérature n'est plus aujourd'hui que la traduction choisie de la pensée générale. Le moi humain est tout-à-fait détrôné par l'humanité elle-même.

L'Empereur ajoutait, avec toute l'autorité d'une intelligence supérieure qui connait les rapports existant entre les hommes et les choses, que l'éducation publique, telle que la révolution française nous l'avait faite, exigeait impérieusement, sous peine de déchéance absolue, que l'art poétique s'élevât au niveau de cette éducation; et qu'il fallait désormais que l'imagination des poètes, pour être digne des hommes, s'inspirât avant tout des événemens dont les effets importaient à la destinée des peuples.

Il disait encore: qu'au lieu de n'être qu'un jeu d'art et qu'une occasion d'amusement pour l'oisiveté des hautes classes, les travaux de la pensée avaient à répandre leur lumière dans la généralité des esprits et à se mettre en harmonie avec toutes les intelligences; et qu'en vraie sœur de l'histoire, la poésie, reprenant son rang, devait employer toutes ses facultés au service du progrès moral qui mûrit la raison publique, c'est-à-dire la civilisation. Il en résultait, et c'était là sa conclusion, que l'heure était venue pour elle de se constituer politiquement; en un mot, de participer de la vie et des idées du temps, de parler de haut aux masses, et de devenir l'organe le plus pur et le plus éloquent de la régénération sociale.

C'est ainsi que l'Empereur Napoléon dictait à la poésie les conditions de son existence nouvelle et les lois de son influence, lorsque des hauteurs de sa pensée il jetait son coup-d'œil d'aigle dans les questions d'ordre idéal qui intéressent au plus haut point le monde intellectuel. Il avait bien raison de vouloir que les poètes comprissent leur mission: les Muses ont aussi leur apostolat suprême; et quel plus beau privilége que celui d'exalter l'ame des nations, de les passionner pour le bien, d'appeler le peuple à la conscience de sa dignité, et de lui élever le cœur jusqu'à l'amour des beautés morales, elles qui font la force des institutions et la grandeur des états?

Le grand homme était conséquent avec lui-même : il lui était facile de se souvenir qu'un jour, c'était le lendemain de la victoire de Wagram, il avait écrit ces paroles remarquables dans une lettre confidentielle, adressée de Vienne à l'un de ses meilleurs ministres, à M. le comte de Montalivet. L'Empereur donnait l'ordre d'interdire sur le champ la représentation d'une pièce de théâtre, où son génie de grand vainqueur était célébré à outrance, avec toute l'inconvenance de l'exagération laudative.

« Sachez bien, disait-il, et que les auteurs le sachent bien aussi, que la meilleure manière de me louer, c'est de faire et d'écrire de grandes choses; c'est d'inspirer au peuple français des sentimens d'honneur dignes de lui, de l'armée et de moi; c'est d'exalter son goût pour ce qui est bon et ce qui est beau. La noblesse et l'élévation de la pensée est ce qui convient le mieux au caractère d'une grande nation comme la nôtre. »

Ces belles paroles de Napoléon ont été reproduites dans plusieurs discours solennels du roi Louis-Philippe. Représentant sur le trône, comme son glorieux prédécesseur, du principe régénérateur de la Révolution, l'auguste élu de Juillet a compris comme lui l'importance de la littérature. Se trouvant placé également en tête de la civilisation, il a dû reprendre pour son compte le cours des mêmes idées.

Les mêmes causes produisent les mêmes effets. Comme l'Empereur, le roi des Français a fait appel aux inspirations patriotiques des lettres ; il a renouvelé le même vœu royal, à savoir : que les écrivains concourussent par leur sainte et chaste propagande à moraliser la conscience du pays, à faire marcher l'intelligence publique vers le but final de tout mouvement social, l'amélioration.

Les lettres ont donc leur sacerdoce. Pour entrer profondément dans l'estime des hommes, et pour prendre leur place dans les grands intérêts des nations, elles ont à remplir leur mission de noble utilité. Leurs droits naissent de leurs devoirs ; droits et devoirs, deux mots éternellement inséparables.

La poésie, qui est la voix la plus élevée et la plus harmonieuse d'un peuple, d'une époque et de l'humanité tout entière, doit par conséquent se faire entendre la première, en avant de la civilisation. Comme elle est la plus éclatante expression de la vie sociale, elle doit en reproduire toutes les harmonies, en exalter les deux grands principes qui sont la foi et l'enthousiasme ; car, pour me servir d'une belle image employée par l'un de nos hommes d'État les plus éminens et l'un de nos écrivains les plus ingénieusement graves, M. le comte Molé, « l'enthousiasme et la foi sont les sources de toute jeunesse. » Le même noble orateur a dit, en pleine académie, que « la conservation des droits » et le génie de l'utile ne suffisent pas à la nature et à la vo- » cation de l'homme, et qu'il est dans sa destinée et dans les » vues de la Providence que l'ame humaine atteigne à toute » sa grandeur morale sur la terre. » N'est-ce pas définir en termes magnifiques le but où doivent tendre, en venant en aide aux gouvernemens, les missionnaires de l'esprit, c'est-à-dire les écrivains, et les propagateurs des beautés idéales, c'est-à-dire les poètes.

Les événemens de ce monde ont besoin d'interprètes qui en fassent ressortir la portée. Les mouvemens des choses humaines ont des aspects providentiels qu'il n'est pas donné à tout le monde de voir de prime-abord. Il est bon que les révélations des Muses en expliquent le côté poétique et moral. Les anciens donnaient des trépieds à la poésie qu'ils appelaient la grande devineresse; et nous le savons maintenant, l'antiquité était profondément logique dans ses dénominations et dans les fictions dont elle décorait les éternelles vérités. C'est dans le sens de cette destination, que l'un de nos *vatés* les plus puissans et les mieux écoutés de notre époque a dit à son tour: « que les poètes » doivent marcher devant les peuples comme une lumière et » leur montrer le chemin; et qu'il faut que toutes les cordes » du cœur humain, pour qu'ils règnent sur eux, vibrent sous » leurs doigts comme les cordes d'une lyre. » M. Victor Hugo, car c'est lui qui a parlé et qui avait le droit de parler ainsi, a fortifié le précepte par l'exemple. La France par ses applaudissemens lui a prouvé qu'elle donnait raison à ses justes prétentions aussi bien qu'à sa Muse, lorsqu'il s'écriait:

Dieu, dont nos ames sont l'empire,
A mis un pouvoir dans nos chants:
C'est un sceptre aussi que la lyre!

Il disait encore, en définissant la mission du poète:

Un formidable esprit descend dans la pensée;
Il paraît, et soudain, en éclairs élancée,
Sa parole luit comme un feu.

Ainsi donc, lorsque l'action du temps vient agiter les États et planter ses jalons sur la route des idées, la poésie se hâte de leur donner un corps tout lumineux qui n'est que la forme idéale des progrès de l'esprit humain. Comme la philosophie de l'histoire, la poésie politique est née du mouvement social de 89. Elle seule aujourd'hui peut marcher de pair avec les événemens, pour les mieux expliquer, et pour mieux apprendre où vont les conséquences. En embellissant les vérités qui ont cours, elle les fait mieux sentir : en célébrant les faits qui éclatent, elle en rend les rayons plus vifs. Il faut donc qu'elle grandisse à l'égal de la vie des peuples. Hors de là, point de salut, et partant point de gloire pour elle.

Qui n'a pas mieux admiré l'abnégation sublime du vaisseau le *Vengeur*, après avoir lu l'ode non moins sublime du poète lyrique Lebrun?

Qui ne se souvient de l'impression puissamment nationale que produisirent, sous la Restauration, les chefs-d'œuvre lyriques de notre Béranger? La poésie, politique par excellence, de l'héroïque chansonnier, ne balança-t-elle pas, à elle seule, toute la prépondérance de la monarchie du drapeau blanc? La voix de cette Muse plébéienne ne fut-elle pas la voix du peuple, la terrible voix de la révolution tricolore qui devait dévorer la royauté de Charles X?

La Restauration elle-même ne dut-elle pas une partie de son lustre religieux et politique aux méditations de M. de Lamartine, aux odes si fièrement royalistes de M. Victor Hugo?

Ne fut-ce pas dans le domaine de la politique que ce dernier grand poète cueillit ses plus belles palmes et ses titres les plus réels à la popularité qui depuis l'a fait entrer de force dans l'académie française?

La révolution de 1830 n'a-t-elle pas fait jaillir du choc de ses pavés les plus vives étincelles de poésie politique dont se soit enrichie la langue française ?

Il faut en conclure, si l'auteur de l'humble volume que voici ne se trompe pas, que la poésie a conquis son droit de mandataire national dans le système représentatif du siècle. La politique appartient à la poésie non moins qu'à l'histoire, et la poésie a ses représentans comme la constitution, dans les solennités de l'époque.

Il ne reste plus à l'auteur des poèmes qu'on va lire, ou qu'on ne lira peut-être pas, peu importe, qu'à dire le pourquoi de la publication qu'il en ose faire, dans un temps où les vers, dit-on, n'ont aucun accès auprès des esprits que préoccupe le développement des intérêts industriels. Il a usé du droit qu'a toute pensée de citoyen de se produire, et qu'a tout poète de prendre son rang. Il lui a semblé, quel que soit le dédain des hommes à vues positives, que les événemens, qu'il a célébrés avec toute la conscience d'un patriote indépendant, intéressaient assez vivement la patrie pour en idéaliser l'importance. — Le retour des restes mortels de l'Empereur Napoléon, sous la conduite d'un jeune homme de cœur, prince et Bourbon, renfermait des enseignemens que la poésie ne devait point laisser échapper. L'honneur d'une apothéose si hautement française revenait de droit au roi qui en avait eu la grande pensée, au digne fils de ce roi qui avait répondu, avec tant de noblesse d'ame, aux attentes du pays aussi bien qu'à la confiance de son royal père. Les partis ne sont pas forts en fait de justice distributive. Le poète ne s'en est pas inquiété; il y a longtemps qu'il avait dit :

La liberté n'est point où n'est pas la justice.

Et lui, poète libre avant tout, il a suivi l'entraînement de son ame, et sa reconnaissance de bon citoyen a été fort heureuse d'éclater en faveur de ceux qui ont rendu à la patrie son Empereur, et à la France la statue, les monumens et le cercueil du grand homme.

Le baptême du comte de Paris était pour ainsi dire le baptême de la dynastie que la Révolution de Juillet a investie de sa souveraineté. C'était presque le sacre du règne actuel. Cette cérémonie commencée aux Tuileries où tant de jeunes héritiers de trône n'ont fait que passer, achevée sous les voûtes de Notre-Dame où tant de règnes évanouis avaient reçu leur consécration, cette nouvelle alliance de la royauté avec la religion ne manquait ni de grandeur, ni de poésie, ni de mélancolie profonde. Après tant de tentatives contre les jours du chef de l'État, l'inauguration d'un berceau où reposait l'avenir de la dynastie nouvelle; la présentation à Dieu d'une jeune tête menacée de bien loin du poids et des étreintes d'une couronne si lourde à porter; l'éloignement des sombres nuages qui avaient si longtemps chargé les horisons de la jeune monarchie; dans le second plan du tableau les images fugitives des héritiers des autres règnes de la veille, tout cela formait un ensemble philosophique digne d'émouvoir l'imagination du poète, et le poète a cédé facilement à l'attrait d'un sujet si gracieusement fécond. — La mort du prince royal a doulonreusement frappé la France et affligé l'Europe. Le poète a compris le vide que laissait après lui l'infortuné prince dont l'éducation toute populaire s'était formée à l'école de l'égalité, et dont le caractère promettait au trône qui l'attendait un règne éminemment français. Il était l'orgueil de sa famille, l'espoir de la patrie, et le lien du présent avec l'avenir. Il aimait les arts avec lesquels il avait le bon goût de fraterniser. La gloire de la France était nécessaire à son bonheur de prince libéral : toutes nos prospérités nationales devenaient l'objet constant de ses méditations. La belle littérature française excitait ses plus vives sympathies. Tant de soins, tant de qualités spéciales et solides, une si belle perspective, tout évanoui par une de ces fatalités qui mettent tous les calculs en défaut ! Il y avait là de quoi tirer de l'ame des poètes de ces exclamations qui peignent les grandes calamités à la manière de Bossuet, lorsqu'il se penche sur le cercueil des puissans de la terre et qu'il proclame le néant des grandeurs ! — Le règne de Louis-Philippe, vu à distance et considéré en dehors des passions contemporaines, comme le considérera l'histoire, occupera dans les temps une place vraiment philosophique. Les ouragans civils qui l'ont assailli longtemps et que la vertu de la persévérance a dissipés, toutes les difficultés d'être qui encombraient ses premiers pas, et dont il a triomphé, ne seront pas un spectacle médiocrement attachant pour les regards de la postérité. Ce qui distinguera surtout ce règne laborieux, c'est l'habileté qu'il a mise à se faire, dans les circonstance opportunes, l'exécuteur des pensées et des vœux intimes du pays. Les idées Napoléoniennes, les amours du peuple pour le grand homme et les souvenirs de l'épopée impériale n'ont pas eu de plus ingénieux ni de plus constant glorificateur que Louis-Philippe. Dès son avénement au trône, n'a-t-il pas eu le bon esprit de s'entourer et de s'aider des conseils des personnages les plus célèbres de l'Empire? de grouper autour de la couronne les noms les plus populaires de la grande époque? N'est-il pas devenu le continuateur des projets de Napoléon, en ce qui regardait les forces productives et artistiques du pays? L'Empereur avait franchi les limites du possible moderne dans la gloire militaire. Il avait été l'épée de la révolution. Louis-Philippe comprit à son tour qu'il devait en être le sceptre. Avec Napoléon, les idées françaises envahissaient l'étranger; avec Louis-Philippe, elles régnaient en France. A l'action extérieure du règne héroïque et conquérant, le règne philosophique et cimentateur, si on peut le dire, avait fait succéder son esprit de conservation et de développement. L'éclat de l'agitation faisait place à la douce lumière du calme. C'était toujours le même drapeau, la même origine du pouvoir, le même principe au faîte de l'état: enfin comme l'expression s'en est trouvée toute faite, la paix a rencontré son Napoléon. La conquête de cette paix n'est pas sans mérite, ni sans gloire aussi, quoique le naturel belliqueux de la nation sente moins celle-là que toute autre. Nous sommes en pleine voie constitutionnelle. La grande route de l'ordre régulier mène au grand but, plus lentement peut-être, mais à coup sûr plus directement que les bonds impétueux à travers les obstacles. L'état normal du progrès qui s'infiltre dans les mœurs est un résultat obtenu dont l'histoire tiendra compte au roi régulateur. L'Europe doit lui être reconnaissante des malheurs qu'il a comprimés et enchaînés dans les antres d'Éole. L'heure a sonné, pour ce royal protecteur du sentiment humanitaire, de laisser tomber de son cœur les pensées généreuses qui le remplissent. L'Europe et la France jouissent d'un calme qui est son ouvrage. Il faut cicatriser toutes les douleurs et réparer les injustices des temps.

La famille de Napoléon, en héritant de sa gloire, a partagé le poids de ses revers. Aujourd'hui que le grand homme est rentré par un cercueil dans sa belle patrie, ne faut-il pas que la patrie se rouvre aussi pour les parens du héros? L'exil est fini pour le sang comme pour la dépouille mortelle de l'Empereur. La France n'est-elle pas ingrate envers son Dieu, puisqu'il n'est pas revenu tout entier reposer sur les bords de la Seine? Le continuateur pacifique de Napoléon, meilleur juge que nous de l'opportunité d'une telle réparation, pesera dans sa sagesse s'il n'est pas temps que la famille du martyr de Sainte-Hélène, victime comme lui des désastres de 1815, aujourd'hui que la nation a repris possession de son drapeau, vienne prendre sa part de la réhabilitation à l'ombre de ce même drapeau? C'est un acte de dignité que la nation se doit à elle-même. Tant que les Bonaparte subissent la proscription ordonnée par l'étranger le lendemain de Waterloo, la France a sa part de complicité dans cette persécution. Au roi sage, qui représente le même principe que l'Empereur Napoléon, appartiendra l'honneur de cette dernière justice à rendre, et de déposer la raison d'État sur l'autel de la Concorde. C'est le vœu d'une telle réconciliation qui fait le sujet du poème intitulé : ÊTRE ROI DES FRANÇAIS, c'est-à-dire roi des idées généreuses.

L. B.

ÊTRE ROI DES FRANÇAIS,

ODE

à S. M. Louis-Philippe.

ÊTRE ROI DES FRANÇAIS,

ODE

A S. M. LOUIS-PHILIPPE.

Au-dessus de la raison d'État, il y a la raison de l'ame et la raison publique.

Dans ce beau pays de France, le principe politique qui aura toujours le plus de faveur, sera ce principe d'autorité tempérée que nos institutions réalisent, et qui, alliant si bien la stabilité au mouvement, l'ordre à la liberté, permet à la nature de l'homme d'atteindre au plus haut degré de dignité et de grandeur que le Créateur ait réservé à la créature.

Le Comte MOLÉ,
Discours à l'Académie Française.

Il existe une nation s'appelant la nation française, qui ne cessera de marcher à la tête des sociétés humaines, comme la nuée lumineuse qui guidait Israël dans le désert.

Le Comte MOLÉ.

I.

Être Roi des Français, c'est être magnanime.
Ce peuple que l'honneur anime
Est à l'avant-garde du temps.
Modérer son grand cœur par de hautes sagesses ;
Développer dans ses richesses
Son génie aux bonds éclatans;
D'un pas constant mais pacifique
Dans sa route philosophique
Guider la liberté, secouer son flambeau ;
Mettre en action sa parole,
Relever de Dieu seul.... quel rôle !
Dans les sphères de l'homme en est-il de plus beau ?

Quand l'humanité crie : à moi France! — La France
Tient prêts pour toute délivrance
Ses dévouemens de haut aloi.
Quand la gloire a dit : viens! — Et la liberté : marche!
Vite, ce peuple porte l'arche
Où des nations luit la loi.
Dès qu'un éclair lui touche l'ame,
Sa passion du beau s'enflamme.
Où sa lave est utile, il y court en volcan.
Sa plume ou son glaive féconde;
Et pour faire avancer le monde,
Dieu souvent en a fait son grand aide-de-camp.

Qui sait mieux vers le but les chemins qu'il faut prendre?
Peuple homérique, à le comprendre,
On rayonne de plus d'éclat.
Qu'il est beau de régner sur lui! quand l'heure sonne,
D'être sa pensée en personne!
Un règne est un apostolat.
Cette sublime intelligence,
L'Empereur, dictateur d'urgence,
Sut bien ce que la France avait au fond du cœur!
Dans son ascension savante
Il se fit la raison vivante,
Du peuple; il en était le symbole vainqueur!

La révolution, qui le crée à sa taille,
Sur son blanc cheval de bataille
S'élance et bondit avec lui,...
C'est le peuple-empereur. — Place! le grand principe
Dans l'Europe qu'il émancipe
Aux éclairs de sa foudre a lui.
Place, vieux trônes! — le génie
De la nation rajeunie,
Rajeunit l'Occident, en brisant le passé.
— Place à l'aigle, vieux rois qu'il dompte!
C'est l'esprit du siècle qui monte
Et qui sème la vie où sa foudre a passé.

Oh! qu'avec l'Empereur la patrie est féconde!
Toutes ses pousses qu'il seconde
Sont des jets de vitalité.
Il fait de son épée, en son cours populaire,
L'aiguille de la nouvelle ère
Au cadran de l'égalité.
Pour lui toute grandeur morale
Gravite au bout de sa spirale,
Pôle, où brille pour tous l'étoile de l'honneur.
Les arts, les hauts faits, l'industrie
N'ont qu'un horizon, la patrie,
Et tout bonheur privé se perd dans son bonheur.

Deux fois grand, son épée au dehors civilise,
    Son sceptre au dedans fertilise,
    Deux leviers de l'ordre nouveau.
Il a donné l'élan. La France, qu'il remue,
    Et la vieille Europe qui mue
    Par lui vont au même niveau.
    Captif, la pensée unitaire
    Du conquérant humanitaire
De sa lèvre a jailli jusqu'au suprême adieu;
    Il meurt, sa mort le transfigure;
    Le peuple à son ciel l'inaugure,
Et la Démocratie accouche de son dieu!

Dieux des peuples, partout sa mémoire étincelle.
    Sa monarchie universelle,
    Il l'a conquise par sa mort;
Et partout Albion, qui tua le grand homme,
    Trouve dans l'éternel fantôme
    L'éternité de son remord.
    Du Golgotha de Sainte-Hélène,
    D'où sa gloire a repris haleine,
Le grand martyr du doigt la montre à tous les yeux;
    Et maintenant, c'est l'Angleterre
    Qui traîne par toute la terre
Les fers que l'Empereur lui rejeta des cieux.

II.

Aujourd'hui la grande ombre ou châtie ou protége,
Les peuples lui font un cortége
D'ardentes adorations.
—Louis-Philippe, roi né d'une sainte crise
Comme lui, vous l'avez comprise
Cette équité des nations.
L'ère Napoléonienne
Est la grande ère citoyenne,
Sire, que vous suivez, qui vous a fait venir;
L'œil fixé sur la grande image,
Tout votre règne est un hommage
Au règne créateur qui nous fit l'avenir!

Symbole comme lui de l'époque où nous sommes,
Sur le plus beau trône des hommes,
Vous êtes la chair de nos droits;
Comme lui de l'État assurant l'équilibre,
Vous avez à rendre plus libre
Le peuple.... à la hauteur des rois.
Des deux missions de l'Empire,
Celle du dedans vous inspire :
C'est de mûrir le fruit que la France a porté.
Vous aurez fondé dans l'histoire,
Lui l'égalité par la gloire,
Et puis vous par les lois, Sire, la liberté.

Oh ! que vous fûtes bien animé de notre ame,
Lorsqu'au dénouement d'un grand drame,
Roi de par le peuple vainqueur,
Du Dieu national relevant la statue
Dans un jour néfaste abattue,
Vous relevâtes notre cœur !
Du grand règne royal apôtre,
Et de ses chefs armant le vôtre,
Vous avez fait marcher le temps avec son nom;
Et sous nos émeutes vidées,
Vous avez repris ses idées,
Elles qui vont plus droit au but que le canon.

Qu'elle s'inspire bien votre philosophie,
Quand, dans la paix qui fortifie
Rebâtissant l'ordre nouveau,
Des monumens de l'homme, étude de nos veilles,
Elle clôture les merveilles,
Ces rayons du divin cerveau !
En célébrant ses fiançailles
Avec nos gloires dans Versailles,
Votre règne à l'histoire élève un Panthéon !
Votre sceptre sur nos trophées,
Comme la baguette des fées,
Fait avec tous les arts surgir Napoléon.

Et pourtant son tombeau, cette geôle dernière,
Gardait sa cendre prisonnière :
L'heure de sa Pâque sonna.
Pour que dans la patrie il reposât à l'aise,
C'est vous qui de sa tombe anglaise
L'avez tiré, pour l'Hosanna!
C'est vous, aux longs transports du monde,
Qui du fond de la mer profonde
Avez fait voyager l'apothéose en feu.
— Sans doute aux fers de l'Angleterre
Son cercueil dominait la terre...
Mais le centre est partout où se trouve le Dieu.

III.

A vous, Sire, l'honneur d'une si grande chose!
Donc couronnez l'apothéose,
Et traitez l'Empereur en roi.
Sa famille, c'est lui qui la fit criminelle,
C'est son nom qu'on poursuit en elle :
Il est rentré mort.... plus d'effroi.
La proscription est dissoute;
Ah! puisque sa gloire est absoute,
Pourquoi n'absoudre pas son sang de ses revers?
Oh! pourquoi tant d'idolâtrie,
Si sa famille est sans patrie,
Si le sang du grand homme est encor dans les fers?

Sire, vous l'emportez. Nos jours ne sont plus sombres ;
    Vous avez dissipé les ombres
    Qui tourmentaient nos horizons.
O Dieu, d'un règne calme, et qui fut lent à naître,
    Que la douce clarté pénètre
    Dans les tristesses des prisons!
Toute raison d'État a son jour de divorce!
    La clémence est toujours la force;
    Elle console un roi souffrant.
    Pour la mort d'un fils quel dictame
    Est l'égal de la grandeur d'ame?
Le vrai baume des rois, Sire, c'est d'être grand.

15 **Décembre** 1842.

LES FUNÉRAILLES

DE

NAPOLÉON.

Sa parole féconde a fait dans nos remparts
Pousser des monumens, et croître les beaux-arts !
Ses disgrâces d'un jour l'ont absous de sa gloire :
Couronné par sa chûte Empereur de l'histoire,
Il n'en peut pas tomber !

Un des meilleurs poètes de l'époque

J. LEFÈVRE.

AU

Prince de Joinville.

Fils d'un Roi, citoyen de la France nouvelle,
Ton voyage d'honneur sur l'Océan révèle
    Ce que ta jeune ame a de beau.
Ta dignité du deuil a bien conduit les fêtes,
Et la France applaudit de ses mains satisfaites
    Ton ambassade au grand tombeau.

Quoique né près d'un trône, ô prince! aux pensers graves,
Le peuple qui toujours fut du parti des braves,
T'a salué, quand tu passais.
La liberté n'est pas l'injustice : elle est fière
Quand d'un nom quel qu'il soit la naissante lumière
Se lève au fond du ciel français.

Le tien, qui sur mon luth d'homme libre résonne,
Deux fois sous les ardeurs d'une lointaine zône,
De l'honneur a pris le sentier.
J'aime ton nom ; le peuple où toujours tout commence
Le mêlait à ses cris d'amour pour l'homme immense
Que tu lui rendais tout entier.

Comprendre les héros c'est se grandir soi-même.
Aussi, quand achevant ta mission suprême,
A la hauteur d'un tel devoir,
Tu parus, pâle et digne, en tête du cortège,
Quoique tout à son dieu dont le nom nous protège,
Paris aimait à te revoir.

Si l'Anglais eût couru sur l'héroïque cendre,
N'avais-tu pas juré de ne jamais la rendre,

Joinville, au vrai cœur de marin?
Là-bas, à Sainte-Hélène, en lançant l'anathême,
Ton avenir a pris, sous un nouveau baptême,
Napoléon pour son parrain.

A voir tes saints respects devant le saint fantôme,
On t'eût pris, toi Bourbon, pour le fils du grand homme,
Sois-le donc de l'ame aujourd'hui.
Comme lui hais l'Anglais dont il fut l'épouvante;
Et si tu veux qu'un jour ta mort reste vivante,
Vis pour la France comme lui.

Le beau jour, où le Roi rendit, sous le vieux dôme,
Le grand homme à la France, et la France au grand homme!
La patrie en tient compte au Roi.
Et toi l'exécuteur de sa haute pensée,
Prince, ton ambassade en est récompensée :
L'Empereur est content de toi!

Décembre 1840.

L'ALLELUIA

DE

L'EMPIRE.

Il n'a pas moins fallu qu'un fils de roi de France
Pour aller chercher notre dieu
A son calvaire anglais d'où sa gloire en souffrance
Nous jeta son dernier adieu.

Il n'eût pas moins fallu que la plus belle escadre
Pour affranchir de sa prison
Le cercueil du héros dont l'image a pour cadre
Tout le ciel de notre horizon.

N'importe! on nous le rend : le retour de sa cendre
A sa morale et sa beauté :
Car de ce port, où libre elle vient de descendre,
S'en alla l'autre royauté.

Enseignemens des temps! retours expiatoires!
Qui n'a pas un jour ses remords?
C'est le sort du grand homme, après tant de victoires,
De vaincre encor du sein des morts.

Ses plus grands ennemis, éloquent phénomène,
Lui font l'honneur d'un Panthéon,
Et du fond de la mer c'est un Bourbon qui mène
Le grand deuil de Napoléon.

C'est que Napoléon est encor plus qu'un homme;
Lui, c'est la révolution;
C'est qu'à chaque grandeur de la France, on le nomme,
C'est qu'il était la nation.

Son cercueil, effaçant le deuil de nos défaites,
Doit nous apporter son profit:
Il ramène avec lui le passé de nos fêtes,
Il nous refait ce qu'il nous fit.

Oh! oui, que son retour soit une délivrance,
La clôture de nos douleurs,
La résurrection des fiertés de la France;
Et la Pâques des trois couleurs!...

Le soleil qui dora tant de moissons de gloire
Et qui, voilé de trahisons,
S'éteignit dans nos pleurs sur les bords de la Loire
Remonte à tous nos horizons.

Ce n'est donc plus de deuil que tremblent nos murailles,
Notre ame est là qui nous revient.
Des lois de l'Étranger ce sont les funérailles,
Si le grand peuple s'en souvient.....

O que l'alleluia de la France ravie
Réveille le mort triomphant!....
Mais si les souvenirs d'un peuple sont la vie
Il ne fut jamais plus vivant.

LE RETOUR.

Fragment Épique.

La France comprit qu'elle venait de recouvrer le seul homme qui pût la faire rentrer dans la grande communauté des nations, sans qu'il en coûtât aucun sacrifice à sa révolution elle-même. Telle fut la tâche providentielle imposée à Bonaparte lorsqu'il revint d'Égypte.

C'est devant lui que l'œuvre de dissolution poursuivie par le XVIIIe siècle s'arrêta. A la place de tous les respects éteints, il substitua l'admiration. Il retrouva l'autorité à force de gloire, réconcilia l'époque la plus indisciplinée des annales humaines avec l'obéissance, en prouvant que son intelligence n'avait guère plus de limites que son pouvoir.

C'était un homme, dont la position ni l'intérêt n'ont jamais troublé le regard, et dont l'indépendance où son esprit était de lui-même, formait peut-être le trait le plus singulier. Le despotisme, pour lui, n'était pas le but, mais le moyen, le seul moyen de faire rentrer dans son lit le fleuve débordé.

Le Comte Molé.

C'est à nous d'effacer nos pleurs expiatoires ;
Renversons les douleurs de nos lacrymatoires.
C'est à nous d'être heureux, de répandre nos cœurs,
Comme aux jours d'autrefois, quand nous étions vainqueurs,
Quand, quittant d'Austerlitz les lumineuses plaines,
Et rentrant dans Paris, les mains de sceptres pleines,
Les bras croisés, l'œil fixe, et le front éclatant,
L'Empereur s'écriait : soldats, je suis content !...

Les poitrines du peuple étant récompensées,
Il reprenait le cours de ses vastes pensées :
Chaque instant de sa vie avait ses grands desseins,
Et la joie à grands flots débordait de nos seins,
L'univers s'inclinait devant notre cocarde.
Chaque retour de l'homme, avec sa vieille garde,
Donnait à la patrie un lambeau d'avenir,
Au retour de sa cendre il faut s'en souvenir.

Oh ! Dieu, comme en touchant le sol de la patrie,
Sa dépouille, qu'encor la mort n'a pas flétrie,
A dû, frémissant d'aise à nos frémissemens,
Pousser dans le cercueil d'heureux gémissemens !
Qu'une cendre exilée aime qu'on la rappelle !
Même à ceux qui sont morts que la patrie est belle !
Mais la patrie, hélas ! ingrate envers son sang,
Seul, du triomphe à tous, souffre qu'il soit absent;
Sa race, que les rois pour sa gloire ont proscrite,
Seule de ces malheurs incessamment hérite.
Justice !... en revoyant le chef de ses splendeurs,
Le peuple est remué jusqu'en ses profondeurs !
Comme en électrisant ses sentimens plus libres,
L'étincelle d'honneur fait frissonner ses fibres !
L'Ovation à peine, en remontant vers nous,
Traverse les respects qui tombent à genoux,
Que le ciel sur la Seine, où le cercueil chemine,
Des clartés de l'Empire à l'instant s'illumine.

L'astre de l'Empereur soudain est revenu,
Du héros qu'il aimait il s'est ressouvenu;
Mais les amours du peuple, à leur source première,
Ont plus que le soleil retrouvé leur lumière.
C'est le peuple surtout qui s'est remontré grand.
Tous les feux de son cœur s'allument en courant,
Toute voix se répète : il arrive, il arrive!
Et la reconnaissance accourt sur chaque rive,
Plus haut que tous les bruits, plus loin que le canon,
Sorti des flancs de tous retentit le grand nom.
De longs ruissellemens d'hommes enthousiastes,
Qui jettent derrière eux le deuil des jours néfastes,
Serpentent vers le fleuve en tous lieux décoré
Et portent leur hommage au cadavre adoré.
Tout suit de bas en haut, de spirale en spirale,
Le mouvement d'amour, contagion morale,
Qui du fond des hameaux à la grande cité
Semble ne plus former qu'un cœur ressuscité.

— O Paris! jusqu'à toi de rivage en rivage
De l'adoration monte le saint ravage :
Toi, qu'il fit le chef-lieu du monde européen,
Paris, dresse au héros son arc herculéen.
Allons, que son retour ait l'air de ses victoires.
Cirque immense, à la foule ouvre tes vomitoires,
Afin qu'elle aille, avant qu'il monte à son autel,
Jeter toute son ame à son mort immortel.

Il faut tout le grand peuple au convoi du grand homme.
Le triomphe en plein air sied mieux que sous le dôme,
Car il est sans limite, à la face des cieux,
Comme la majesté du peuple et de ses Dieux.

Les acclamations bruissent dans l'espace.
Les battemens aux seins disent déjà qu'il passe,
Le voilà! le sol tremble encor moins que les cœurs.
Les yeux ont peine à voir les emblêmes vainqueurs.
Le trouble empêche, avec des pleurs d'immense joie,
De bien voir le cercueil que le ciel nous renvoie,
Cependant le soleil de l'Empire a bien lui.
Mais l'ame va plus loin, ce qu'elle voit c'est lui;
C'est lui qu'elle sent là, sous tout l'or qui le couvre
Aux regards de l'esprit le triple cercueil s'ouvre;
C'est lui, ce sont les traits du vaste trépassé,
Et couché près de lui son éclatant passé.

Voilà ce beau profil qui, tourné vers les astres,
Reste encore assombri de nos derniers désastres,
Profil olympien, dont l'angle aimé des arts
Semble sculpté des mains qui firent les Césars.
Voilà ce front divin que toucha le saint chrême,
Où la France habitait, même à l'heure suprême:
Ce cerveau d'où sortit, chef-d'œuvre social,
Avec tous ses degrés son globe impérial;

Noble foyer, qui, même en ses jours de souffrance,
Fut toujours en travail des destins de la France.
Ces yeux où la pensée étincelait au fond,
D'où jaillissait l'éclair comme d'un ciel profond.
Ces lèvres d'où tombait en sublimes paroles
Le sort des royautés dont il dictait les rôles,
Et qu'encore au cercueil entr'ouvrent à demi
Les dédains de sa mort, sous un ciel ennemi.
Cette main de bienfaits en tout temps occupée
Qui portait aussi haut le sceptre que l'épée,
Et dont le doigt tendu vers un but surhumain
Aux temps comme aux soldats indiquait leur chemin.
Cette large poitrine ouverte à tout oracle
Où les instincts du peuple avaient leur tabernacle :
Soleil de la bataille, elle allait en courant,
Annoncer la victoire au loin de rang en rang;
Et sous les blancs revers de son habit de guerre
Elle cachait ce cœur d'où partait son tonnerre.
Le voilà ce grand cœur pour nous si paternel,
Des plus beaux sentimens sanctuaire éternel,
Qui ne battit jamais que pour de grandes choses,
D'où sortit tout l'éclat de nos métamorphoses;
Où le peuple savait que veillait son bonheur,
Où nos prospérités naissaient de notre honneur :
Le voilà tout froissé des mains de l'Angleterre
Ce cœur qui renfermait l'avenir de la terre!...
Tout est là, tout le Dieu du peuple en qui l'on croit,
Tout un empire, un monde en cet espace étroit.

Tant de clameurs d'amour évoquaient l'ombre auguste,
Qu'espérant un miracle, et croyant le ciel juste,
La foule s'attendait à voir le grand martyr
Radieux du cercueil se lever et sortir.

— De l'exil sur ses os ne pèse plus la terre;
Le grand martyr n'est plus aux fers de l'Angleterre.
Pour elle, c'est assez de l'avoir vu souffrir,
Et d'avoir mis cinq ans à le faire mourir;
D'avoir, un quart de siècle, emprisonné sa tombe:
Sur la reine des mers qu'un tel forfait retombe!
Ne l'oublions jamais. Ses ministres bourreaux
Par haine de la France ont tué le héros.
Elle avait trop tremblé, la France était trop grande,
Pour qu'elle ne fît pas à sa peur cette offrande.
Maintenant que sa peur s'est changée en remord
L'infâme nous le rend, parce qu'il est bien mort....
Mort! oh! non... le grand homme est encor dans sa cendre.
Un jour, en Angleterre elle pourra descendre.
Un jour, que la portant en tête de nos rangs,
Nous irons déchirer ce vieux nid de tyrans,
Et qu'inspirés par lui, lançant encor sa foudre,
Nous le ferons régner, mort, sur leur trône en poudre!

L'EMPEREUR

N'EST PAS MORT.

Apothéose.

Si ce n'est en tous lieux, où donc son ame est-elle?
Où donc ne règne pas sa pensée immortelle,
        Harmonie aux larges accords?
Est-ce donc qu'au tombeau s'arrête l'existence?
Un héros n'a-t-il pas après lui sa substance?
        L'homme n'est-il que dans le corps?

L'Empereur n'est pas mort, il vit dans son génie,
Providence du peuple et du peuple bénie,
        Il vit dans ses créations;
Dans l'ordre de nos lois, dans nos forces vitales,
Dans nos élans d'honneur, puissances génitales
        Qui font les grandes nations.

L'Empereur n'est-il pas avec sa renommée
Le cœur du peuple, encor, et l'ame de l'armée?
L'esprit de l'honneur en danger?
N'a-t'il pas fait comprendre à la France elle-même
Quelle brèche elle fait à tout vieux diadême
Quand veut le savoir l'étranger?

Tout un grand peuple était la base du grand trône.
L'Empereur ne voulait, au haut du vaste cône,
Que ce que le peuple a voulu.
Un grand homme en créant crée une foi profonde :
Pour imposer le bien de sa pensée au monde,
Il a besoin de l'absolu.

Le génie a toujours sa raison despotique.
— Sa dictature allait à son but politique,
Pour nous en léguer les bienfaits.
Chaque gloire venue en enfantait une autre.
Nous vivons de sa vie, il vit donc de la nôtre ;
Sa vie... est ce qu'il nous a faits!..

BAPTÊME

DU

COMTE DE PARIS.

Le Baptême

DU

COMTE DE PARIS.

ODE.

> Il est deux conditions sans lesquelles il n'y a pour les nations ni grandeur, ni gloire : l'unité et la perpétuité.
>
> Le Comte MOLÉ.

> Si jamais il doit tirer l'épée du fourreau, ce ne sera qu'à bonnes enseignes et pour défendre l'honneur de la France et l'indépendance nationale ; mais j'ai lieu d'espérer, et c'est à quoi je travaille, que le règne de mon petit-fils ne sera pas troublé par la guerre, et qu'il recueillera une gloire plus douce, celle d'assurer le repos et la prospérité de la France !
>
> LOUIS-PHILIPPE.

> La France, décidée à conserver et maintenir tous les grands résultats de sa révolution, refuse de remonter vers le passé. Il y a dans le fond des ames le désir ardent d'une halte et d'une trêve avec des théories dont il ne reste que des ruines.
>
> Le Comte MOLÉ.

I.

Sur les hauteurs du monde, où puissant phénomène,
La monarchie en main tient la fortune humaine,
Et des peuples garde les droits ;
C'est la stabilité qui fait les choses fortes,
Et qui sur les débris des ambitions mortes,
Élargit le pouvoir des rois.

Tout ce qui continue a sa raison de vivre :
L'œil humain s'ouvre au loin sur ce qui doit nous suivre :
On croit à ce qu'on voit venir.
C'est la foi qui mûrit les grandeurs de ce monde,
La foi, soleil moral, par qui tout se féconde,
Qui se lève sur l'avenir.

La croyance affermit, le doute ronge et tue.
La souveraineté, qu'un grand peuple institue,
Se mesure à son lendemain :
Sur les successions les trônes se soutiennent :
Il faut aux sceptres neufs, près des mains qui les tiennent,
Les attentes d'une autre main.

Hérédité, c'est toi, selon la loi solaire,
Qui des vastes États est l'étoile polaire,
Qui fixe leurs destins flottans.
Cette fixité même est une base immense
Où le meilleur ciment de tout ce qui commence
Est, après l'unité, le temps.

Si grande qu'elle soit, qu'est-ce qu'une pensée
Que le présent limite, et qui n'est point lancée

Dans l'horizon d'un long parcours?
Qu'est-ce qu'une puissance à qui manque l'espace?
Pour tout règne nouveau qui dans un autre passe,
C'est l'autre qui lui fait son cours.

Oh! qu'il le savait bien, quand monté sur le faîte,
Pour river dans le temps sa fortune imparfaite,
Pour que sa force y mît le sceau,
L'Empereur, s'alliant au vieux sang de l'Autriche,
Étaya, pour ne pas laisser sa gloire en friche,
Son vaste empire.... d'un berceau.

Il le savait aussi le monarque qui règne,
Quand l'homicide plomb, qu'il faut que tout roi craigne,
Siffla sur ses jours triomphans!
Oh! qu'il fut vrai ce mot échappé de sa bouche!
Ma poitrine de roi ne craint pas qu'on la touche,
Pour bouclier... j'ai mes enfans.

Ceinture du monarque encor plus que du père,
Auréole d'orgueil en qui son trône espère,
Sa famille en est la beauté:
Plus belle encor de tout l'avenir qu'elle porte,
Sa famille a rendu sa fortune plus forte;
Elle est toute sa royauté.

La Révolution, en s'élevant en elle,
Va vivre d'une vie et calme et solennelle,
Et marcher de haut, d'un pas lent :
Car le calme organise, et la lenteur achève;
Car le grand Créateur, de qui l'homme relève,
Ne fit pas tout d'un seul élan.

II.

Dans ce château des Tuileries,
Où les reines ont eu des pleurs,
Où sur les couronnes flétries
S'enlacèrent tant de douleurs,
Où vint s'asseoir la République,
Où l'homme, que Dieu seul explique,
Qui fut plus qu'un vaste accident,
Campé dix ans dans sa victoire,
Sur l'axe de sa grande histoire
Vit tourner le vieux Occident.

Où né roi, son fils éphémère
N'eut qu'un éclair d'un si beau sort,
Où la gloire eut sa coupe amère,
Où Napoléon n'est pas mort!..,
Dans ce palais où Louis Seize
Tomba sous la lave française

Pour se relever roi martyr ;
D'où Charles dix sans diadème,
Foudroyé du même anathème,
Fut trop heureux de repartir.

Dans cette terrible demeure
Où vont s'expiant tant d'erreurs,
Où tout règne, avant qu'il ne meure,
A ses larmes et ses terreurs,
Enfin la jeune monarchie
De son mal de naître affranchie
Du deuil rejette le manteau ;
Et la joie, apportant son baume,
Comme sous l'humble toit de chaume
Entre enfin au royal château.

Dans le lointain l'orage expire....
Des mauvais jours est-ce la fin?
Même le cœur du Roi respire ;
On lui permet d'être homme enfin.
Il est temps, quand le soleil brille,
Que dans la royale famille
Le tour de la famille ait lieu !
L'État reprend son équilibre ;
La royauté peut, enfin libre,
Se tourner du côté de Dieu.

Mais vous, Sire, et vous, jeune Comte,
Que de son nom Paris dota,
Votre dynastie est au compte
De juillet qui vous adopta.
La vierge de mil-huit-cent-trente,
La liberté, qui veut sa rente,
Qui marqua l'heure du départ,
Elle est avec vous dans vos fêtes,
Car il faut, que, les ayant faites,
Dans le baptême elle ait sa part.

Oh! plutôt sous le diadême,
Liberté, donnez-vous la main,
Il faut changer l'heureux baptême
En un majestueux hymen.
Oui, prince, pour être aimé d'elle,
Que ton culte lui soit fidèle;
Loin d'elle l'éclat est trompeur....
Les sceptres n'ont pas de patries:
Les naissances aux Tuileries
Ont des merveilles qui font peur!....

Né de la vieille monarchie,
Ce mélancolique dauphin,
Fils de Louis, que l'anarchie
Fit mourir... peut-être de faim?

Et l'autre enfant des lys antiques
Dont la venue eut pour cantiques
Les cris du peuple au Carrousel ?
Et l'enfant-roi, fils du grand homme,
Qui devait du trône de Rome
Monter au trône universel ?

D'un grand tronc rameaux légitimes,
Hélas ! qu'avaient-ils fait tous trois,
Pour s'évanouir en victimes ?...
Ils étaient nés du sang des rois.
Les uns tranchés avec leur tige,
De deux règnes pris de vertige
Acquittent la fatalité ;
L'autre, du géant de nos fastes
Expiant les grandeurs trop vastes,
Meurt de son immortalité !...

Sortir d'une sublime race,
Inspire déjà tant d'effroi !...
Pauvre enfant de cour, que sera-ce
Quand viendra l'heure d'être Roi ?
Régner, maintenant, c'est se mettre
Au joug des peuples ; c'est commettre

Tout mal qui vient aux nations :
Le sceptre, qu'à peine on révère,
N'est que la croix d'un grand calvaire
Sur le volcan des passions,

III.

Mais du haut du cratère où la liberté fume
La Royauté, sous qui le volcan se consume,
Des empires guide le sort ;
Mais les rayonnemens de son bandeau qui saigne
Vont éclairer au loin, quand c'est l'ame qui règne,
L'humanité dans son essor.

Alors la royauté, terrible sacerdoce,
Sous la robe de feu que sa splendeur endosse,
A tous les bonheurs dit adieu;
Et pour y renfermer tous les maux qu'elle efface,
Elle va déchirant son sein ; et face à face
Elle rend ses comptes à Dieu.

Quand elle fait défaut aux volontés divines,
Plus avant la couronne enfonce ses épines,

Des peuples se gonflent les cœurs,
Le grand souffle du ciel y pénètre et fermente;
La royauté s'abat sous la rouge tourmente,
Et les abîmes sont vainqueurs.

Enfant des jours futurs, ta mission est sainte;
Marche au destin; s'il faut que ta tête soit ceinte
Du diadême des douleurs;
Si le joug des grandeurs au trône un jour t'enchaîne,
Ta royauté facile aura, portant sa chaîne,
Tout l'horizon des trois couleurs.

L'ère du sang versé s'en va; l'ère du glaive
Meurt dans l'esprit de l'homme; une autre ère se lève :
A chaque gloire sa saison.
L'intelligence veut répandre ses largesses;
Les jours sont arrivés des fécondes sagesses;
L'ame est en grande floraison.

Roi, mais de la patrie esclave magnifique,
Tu feras de ton sceptre un fanal pacifique,

S'il faut par toi qu'il soit porté :
Le long enfantement sera fini ; la France
Aura fait de ses flancs si longtemps en souffrance
Sortir enfin la liberté.

Qu'il est beau des hauteurs d'une mâle prudence,
Quand on est ici-bas l'œil de la Providence,
De veiller au bonheur humain !
Et quel que soit le poids de la large tutelle,
De détourner toujours la famille mortelle
Des abîmes du long chemin !

O qu'il est beau, de Dieu sentinelle avancée,
De mener un grand peuple au but de sa pensée,
De s'immoler tous les instans ;
De livrer le génie à ses vivaces pousses,
Au monde social d'épargner des secousses,
Et de marquer le pas au temps !...

Mai 1841, Paris

LE

TREIZE JUILLET.

Ode.

Le

TREIZE JUILLET.

ODE.

La liberté n'est point où n'est pas la justice.

L. BELMONTET.

Jeune aigle à peine éclos, tu secouais ton aile ;
Déjà du globe ardent la lumière éternelle
Ne pouvait de ton œil abaisser la fierté ;
Et déjà, t'élançant vers sa vaste clarté,
Tu demandais aux Dieux les rênes du tonnerre !
La flèche a ramené ta course vers la terre.

J. LEFEVRE.

Quiconque avait, un jour, pu le voir ou l'entendre,
De son long souvenir ne pouvait se défendre.

J. LEFEVRE.

Ah ! précieuse couronne de France, si puissante et si belle, tu es la source de cruelles angoisses ! Ah ! si les peuples savaient combien les larmes royales sont amères, ils pleureraient sur les grandeurs.

CHARLES V.

I.

Non, depuis le grand jour où, tombé de la nue,
L'Empereur, à sa garde en sublime tenue,
Dit l'adieu de Fontainebleau,
Non, non, la poésie, aux images bibliques,
N'a jamais inventé, pour les douleurs publiques,
Un plus attendrissant tableau.

Quel spectacle ! une mère, une reine de France,
Niobé de nos jours, reine par la souffrance,
Jetant sa grandeur en sanglots,
Ceinte de ses enfans en pleurs, et sous les larmes
Consultant l'agonie, alarmes par alarmes,
D'un fils, monarque à peine éclos,

De son fils, tant aimé qu'elle en tremblait de joie,
Que la mort, plein de sève, improvise sa proie
En le foudroyant d'un coup d'œil,
Dont le regard ouvert sur sa route éphémère,
Fixe, éteint, ne découvre aux regards de sa mère
Que l'éternité de son deuil !...

Pâle, autour du grabat où tout va se dissoudre,
La royale famille, à genoux dans la poudre,
S'abîme en un immense effroi;
Et le Roi, debout, morne, en face du supplice,
Voyant fuir l'avenir, sans que l'ame faiblisse,
Au désespoir tient tête en roi.

Quand tout est consommé pour l'aîné de la race,
Cette vaste douleur de famille, à la trace

Du sang pur dont le sable est teint,
Se traîne, sous le faix de sa misère intime,
Derrière le brancard qui porte la victime
Chargé de tout un règne éteint.

Lamentable convoi! la jeune dynastie
Au fond du palais vide inaugure l'hostie,
Au berceau de l'avénement!...
Et la reine a senti, pendant ces funérailles,
Sa maternité sainte ébranler ses entrailles
Comme au jour de l'enfantement.

Est-il rien de certain aux choses de la terre?
— Napoléon-le-Grand, qu'étouffa l'Angleterre,
Meurt pauvre, hélas! et dans quel lieu!
L'exil à Charles dix prête une obscure tombe;
Et tout jeune, en montant, un roi commencé tombe!...
—Non, rien n'est vrai, si ce n'est Dieu.

II.

En tête de nos jeunes hommes
Il portait ses pas résolus....
— Pour qu'on sache bien qui nous sommes,
Faut-il que nous ne soyons plus?

C'est par la mort que vaut la vie.
De nos vertus, hors de l'envie,
Le deuil est le révélateur.
Et la grande justicière (1),
Nous veut couchés dans la poussière,
Pour mesurer notre hauteur.

C'était un vrai Français d'élite
Le prince, hélas! que Dieu reprend.
Des libertés noble acolyte,
Comme son vide le fait grand!
— Oui, sitôt qu'un cercueil se ferme
On comprend mieux ce qu'il renferme,
Trésor dont on n'a pas joui;
Oui, du jour où la mort le glace,
La terre sent toute la place
Qu'occupait l'homme évanoui.

Elle était grande et populaire
Ta place dans la liberté,
Héritier de la nouvelle ère,
Avant l'héritage emporté!
L'esprit du siècle était sa flamme;
La gloire lui grandissait l'ame

(1) L'Histoire.

De toute noble passion :
L'amour du beau fut sa constance :
Il mettait sa noble existence
Au niveau de la nation.

Des fils du peuple, en nos collèges,
Leur émule , il prit la vigueur,
Ne gardant de ses privilèges,
Rien que ceux qui viennent du cœur.
Enfant, l'égalité l'inspire,
Jeune homme, il envie à l'Empire
Ses fastes les plus éloquens ;
Apprenti-roi, son front s'applique
A porter la raison publique
Ou sur le trône, ou dans les camps.

Chevaleresque philosophe,
Dans sa haute moralité
N'avait-il point en lui l'étoffe
D'un Titus de l'égalité?
Les cultes de sa conscience
Aux arts ainsi qu'à la science
Semblaient promettre un cycle d'or,
Et son amour de la patrie
Eût à sa féconde industrie
Donné les ailes du condor.

Dieu ! tant d'intelligence active ;
Au cœur tant d'instincts généreux ;
Tant de sagesse en perspective
A rendre le grand peuple heureux ;
Pour nos conquêtes sociales
Tant d'élémens aux mains loyales
D'un prince tel qu'on l'eût rêvé ;
Tant de joie, époux, fils et père,
Enfin tout ce qu'un peuple espère,
Pour échouer sur un pavé ! !

III.

Qui sait quel lendemain le Dieu fort nous mesure?
Souvent la mort est là dont l'implacable usure
        Ruine tout un avenir :
Elle laisse les fleurs des hautes espérances
S'entr'ouvrir au soleil si beau des apparences,
        C'est alors qu'elle aime à venir.

Les profondeurs du sort n'ont point de sonde humaine.
Seigneur, en quelque lieu que ton doigt se promène,
        Quel œil mortel peut l'entrevoir?
Qui peut comprendre où va le tranchant de ton glaive?
Qui sait, quand sur nos fronts une étoile se lève,
        Quel espace elle doit avoir?

Le grand trône de France a des abords terribles !
Oh ! qu'on a vu souvent tomber, passant aux cribles
De la fortune et des destins,
De jeunes royautés brillantes, folles, vives,
Que la gloire aveuglait, éphémères convives,
Du mensonge de ses festins !

Les trônes de la vieille ou de la jeune France
Pour le sort de leurs fils n'ont point de différence :
Le gouffre les prend tour-à-tour.
— Les héritiers des rois, l'enfant-roi de l'Empire,
Tous nés près du soleil, pour que dans l'ombre expire,
Leur tendre majesté d'un jour !...

Quel est donc ce mystère impénétrable et sombre ?
Pourquoi, sans déployer leur voile blanche, sombre
Tout jeune esquif royal gréé ?
Hélas ! tant d'avenir promis, pour ne pas être !
Pourquoi l'avortement d'un grand règne peut-être,
Seigneur, après l'avoir créé ?

Est-ce donc par pitié, Seigneur, que tu les sauves
De tant de noirs soucis, de tant de haines fauves

Dont un nouveau règne est heurté?
Veux-tu nous avertir, nous, peuple des idées,
Qu'il faut une ame faite et des mains décidées
Aux sceptres de la liberté?

Plus jeunes, plus aimés, lorsque tu les rappelles,
Seigneur!... les Marcellus ont les morts les plus belles;
Tout l'horison leur fut riant:
Ils n'ont vu des grandeurs que leur belle surface;
Et s'ils s'en vont trop tôt, leur jeune éclat s'efface
Dans les splendeurs de l'Orient.

Ce qu'ils promettaient d'être est de la renommée.
Au fond des cœurs émus leur mémoire embaumée
Y garde un parfum précieux.
Leur gloire est plus limpide ; on la croit sur parole ;
Et sans avoir connu les tourmens d'un beau rôle,
Ils vont l'achever dans les cieux.

Mais toi, qu'un si beau sort flatta d'un si beau leurre,
Ta haute mission, prince, que l'état pleure,

Ne te suivra point au tombeau !
Nos fils, c'est encor nous : les tiens, tes douces joies,
Auront, pour les guider dans l'honneur de tes voies,
Leur mère, leur plus pur flambeau.

Rien n'est interrompu dans la nature humaine.
L'homme est un vaste tout allant où Dieu nous mène.
Nous sommes tous toujours vivans :
L'infini règne en nous-même dans nos misères ;
L'humanité, c'est Dieu ! — Nous étions dans nos pères,
Et nous sommes dans nos enfans.

Paris, le 1er **Août** 1842.

PIÈCES DIVERSES.

NOTICE

SUR

S. A. R. LE DUC D'ORLÉANS.

(Extrait de l'intéressant ouvrage intitulé :

LA BIOGRAPHIE DES HOMMES DU JOUR.)

Ferdinand-Philippe-Louis-Charles-Henri-Joseph de Bourbon naquit à Palerme en Sicile, le 3 septembre 1810, de Marie-Amélie de Sicile, mariée le 25 novembre précédent à Louis-Philippe de Bourbon, duc d'Orléans. Le jeune prince reçut en naissant le titre de duc de Chartres, un de ceux que portaient les fils aînés de la famille d'Orléans.

Les quatre premières années de la vie du duc de Chartres

s'écoulèrent dans l'exil ; il ne vit la France qu'en 1814. Pendant les cent jours, il subit de nouveau les rigueurs de l'exil.

Revenu en France, M. le duc de Chartres y reçut une éducation forte et populaire sous les yeux de son père et sous la direction immédiate d'un homme grave et de vrai mérite, M. de Boismilon, pour lequel le prince n'a cessé de montrer la plus affectueuse estime et la plus reconnaissante bienveillance ; il y a dans ce fait incontesté un éloge égal pour l'élève et pour le maître.

Cette éducation d'intérieur ne parut pas au duc d'Orléans à l'unisson des idées libérales, et le duc de Chartres (chose inouïe en France chez les princes du sang !) suivit les cours du collège de Henri IV. Il s'y montra zélé, studieux, soumis, bon camarade. L'aptitude qu'il a montrée plus tard pour les sciences se développa sous l'influence d'une émulation sagement dirigée et d'une ardeur pour le travail excitée avec discernement par son père et par son précepteur.

Après avoir terminé ses études scolaires, le jeune prince devint le disciple de MM. Biot, Arago, Gay-Lussac, Poisson, et acquit ainsi une variété de connaissances qui donnèrent de bonne heure à son esprit une tournure sérieuse et méditative.

L'italien, l'anglais, l'allemand, lui devinrent familiers.

A dix-huit ans, le prince accompagna son père en Écosse et en Angletere, où il put étudier les mœurs des états constitutionnels. A son retour, Charles X le créa colonel du 1er régiment de hussards et cordon bleu.

C'était un usage de la monarchie.

Le jeune prince chercha à faire aimer son commandement, et y parvint ; il se montra bon *manœuvrier*, exact pour la discipline, bienveillant pour le soldat, affable pour tous.

Il grandissait ainsi dans l'estime et dans l'affection des hommes de la jeune génération.

A la révolution de juillet, le jeune prince, au premier bruit des événemens, accourut à Paris. Il était alors en garnison à Joigny avec son régiment. Il fut arrêté par le maire de Mont-Rouge. Le prince écrivit à M. de Lafayette qui le fit mettre en liberté, en disant : sous un gouvernement libre, tout le monde doit voyager librement.

Ayant repris le commandement de son régiment, le prince le ramena sur Paris, où il fit son entrée le 3 août sous l'égide du drapeau tricolore.

Un des premiers actes du nouveau roi (13 août) fut de créer son fils grand-officier de la Légion-d'Honneur et de lui faire prendre la qualification de prince royal et le titre de duc d'Orléans. Le jeune prince fut en outre porté sur les contrôles de la garde nationale, et prit rang dans la 1re batterie de l'artillerie.

La conduite ou plutôt la tenue du jeune prince royal au milieu de ses nouveaux camarades fut constamment réservée.

Il alla siéger à la chambre des Pairs. Dans la séance d'ouverture de la session de 1831, le 25 juillet, le grand référendaire, M. de Sémonville, vint présenter les drapeaux conquis par l'empire sur les ennemis de la France ; il interpella le prince qui répondit avec une grande présence d'esprit.

On remarqua dans la réponse du duc d'Orléans les phrases suivantes qui furent accueillies par les applaudissemens de l'assemblée :

« Je n'aurai pas besoin, pour me rappeler tous mes devoirs envers la patrie, de la vue de ces trophées, monumens impérissables des victoires de nos armées, et gages assurés des succès qui les attendent encore, si nous sommes forcés de combattre pour la cause de nos institutions et de notre indépendance, ou pour le soutien de nos intérêts et de nos sympathies nationales. La France me verrait toujours où elle ferait un appel à ses enfans, y répondre le premier, à la tête de cette jeunesse dont je suis fier d'être le contemporain, et qui réaliserait, j'en suis sûr, l'espoir que la patrie a placé en elle pour le maintien de sa gloire et de sa grandeur. Puissent ces drapeaux conquis par plusieurs de ceux qui m'écoutent et sauvés par la patriotique sollicitude de votre grand référendaire, rappeler à tous, au dedans et au dehors, de quels efforts la France est capable sous les couleurs que la nation a si glorieusement reconquises, et dont je serai toujours, après le roi, le plus ferme soutien et le plus zélé défenseur ! »

Le prince saisit en effet la première occasion qui se présenta de se placer *à la tête de cette jeunesse dont il était fier d'être le contemporain.*

Le conseil obtempéra à la demande du roi des Belges ; et une armée de 50,000 hommes franchit la frontière ; le duc d'Orléans fut chargé du commandement d'une brigade et fit cette campagne de Belgique, qui ne fut en réalité qu'une promenade militaire d'une vingtaine de jours.

Lorsque le soulèvement des ouvriers de Lyon, en novembre 1831, eut pris un caractère alarmant, on s'émut aux Tuileries, et l'ordonnance suivant parut dans le *Moniteur* du 25 :

Louis-Philippe, etc.

Nous avons ordonné et ordonnons ce qui suit :

Art. 1er. Notre bien-aimé fils le duc d'Orléans et le maréchal duc de Dalmatie, notre ministre de la guerre, se rendront immédiatement à Lyon.

Le maréchal duc de Dalmatie est autorisé à donner tous les ordres que commanderont les circonstances.

Le Moniteur annonça que le prince était parti *accompagné* de M. le ministre de la guerre ; des troupes nombreuses reçurent en même temps l'ordre de se porter sur le département du Rhône.

Le 28, le maire, accompagné des membres du conseil municipal, fit une visite au prince, qui refusa *personnellement* d'entrer dans Lyon *tant que la ville ne serait pas soumise à l'ordre légal*, c'est-à-dire que les ouvriers n'auraient pas entièrement mis bas les armes. Le duc expliqua sa pensée en disant : « *que la légalité ne régnait pas là où il existait une force armée à laquelle la loi ne donnait pas d'armes.* »

Le trois décembre, le prince fit son entrée dans Lyon à la tête d'nn nombreux état-major, et se rendit à l'instant sur la place Bellecour pour y passer les troupes en revue. Il y avait été précédé par une proclamation du maréchal-ministre.

Le jeune duc se montra digne de la couronne qu'il était appelé à porter un jour, par la réponse toute de conciliation qu'il fit au discours du maire de Lyon, et dans laquelle sans doute il laissa s'épancher ses propres sentimens.

Nous nous faisons un devoir de reproduire cette allocution :

« Monsieur le Maire,

« Je ne puis vous témoigner de quelle profonde tristesse mon cœur est pénétré en rentrant aujourd'hui dans la seconde ville du royaume, après les sanglans désordres et les coupables excès dont elle a été le théâtre et la victime. Je me rappelle avoir vu, il y a un an, la population lyonnaise manifester les sentimens les plus vifs d'amour de l'ordre et d'attachement aux institutions et au gouvernement que la révolution de juillet a fondés en France. C'est ce souvenir, c'est l'espoir que ces sentimens n'étaient point effacés, ce sont les liens qui m'uniront toujours à la ville de Lyon, qui m'ont décidé, aux premières nouvelles des troubles qui l'ont affligée, à tout quitter pour venir faire cesser cette effusion de sang français que je ne cesserai de déplorer. J'ai voulu aussi, d'accord avec l'illustre maréchal qui m'accompagne, contribuer de tous mes efforts à rétablir dans toute sa plénitude l'ordre légal là où il avait cessé d'exister, et à faire respecter l'autorité des lois qu'une partie de la population avait si violemment méconnue, mais qu'une autre avait si vaillamment su défendre. Tels sont les sentimens qui m'animent : je suis venu non pour chercher des coupables, c'est le devoir de la justice, mais comme pacificateur, mais pour rappeler à des Français égarés quels sont leurs devoirs, et aussi, j'ose le dire, quel est leur véritable intérêt. Aujourd'hui cette tâche est remplie, et j'en commence une autre bien plus douce à mon cœur : celle d'apporter tous les soulagemens possibles au sort des classes ouvrières de la ville de Lyon, dont le roi mon père m'a ordonné de m'occuper avec sollicitude. »

L'allocution du prince parut digne d'un homme qui a de nobles sentimens au cœur, et fut généralement appréciée.

De retour à Paris à la suite des événemens de Lyon, le prince royal reprit ses études sérieuses et vécut retiré comme à son ordinaire.

La situation de la Belgique ne tarda pas à redevenir critique. Léopold appela de nouveau à son secours les troupes françaises ; le maréchal Gérard reprit le commandement de l'armée du Nord, et 50,000 Français franchirent la frontière dans les premiers jours de novembre 1832. Le 15, l'armée commençait sa marche sur Anvers, passant une moitié par le Hainaut, une moitié par les Flandres. Le duc d'Orléans fit partie de cette expédition et se montra digne de commander à des Français.

On dut tenir compte au prince de l'activité qu'il déploya et de l'insistance qu'il mit à vouloir être nommé commandant de tranchée. Il mérita non seulement les éloges officiels du maréchal Gérard (Rapport du 30 novembre), mais encore ceux de ses frères d'armes. On raconta entre autres traits de sang-froid et de vrai courage qu'un jour, en parcourant la tranchée sous une grêle de balles, il sembla voir quelque émotion se manifester parmi les travailleurs. — « Soyez tranquilles, enfans, leur cria-t-il, les Hollandais tirent trop haut. Voyez, ajouta-t-il en redressant sa taille et en montant sur le parapet, je suis plus grand que vous, et leurs balles ne m'atteignent pas. » En un mot le duc d'Orléans se montra digne de sa haute position.

De retour à Paris, le prince mérita les sympathies de la population comme il avait mérité celles de l'armée; sa visite à l'Hôtel-Dieu, à l'instant où le choléra sévissait dans toute sa fureur, fut une bonne action; elle releva le moral du peuple, qui dès lors crut moins à la contagion du fléau.

Lorsque se préparait l'expédition de Mascara, le prince demanda à en faire partie; il visita d'abord la Corse, d'où il se rendit en Afrique et fit cette campagne remarquable seulement par les fatigues sans nécessité et, pour ainsi dire, sans résultat auxquelles furent exposés nos soldats.

Le duc d'Orléans subit l'influence du climat; il avait vécu avec les soldats, en soldat; il avait eu des fatigues réelles, car il se multipliait pour veiller au bien-être de ses frères d'armes; sa santé s'altéra, il dut revenir en France.

Peu après, il visita les cours d'Allemagne et fut surtout reçu avec une distinction marquée par le roi de Prusse. Ce fut pendant son séjour à la cour de Berlin que le prince royal eut occasion de voir la duchesse de Mecklembourg... Un an plus tard, la princesse Hélène devint l'épouse de l'héritier présomptif de la couronne de France.

Des fêtes brillantes furent données à l'occasion de ce mariage, dont la célébration eut lieu à Fontainebleau.

M. le prince de Talleyrand disait en quittant Fontainebleau : « J'ai assisté à bien des fêtes splendides ; j'ai vécu « dans toutes les maisons royales de l'Europe ; mais je « n'ai jamais vu suffire avec autant de magnificence, « autant d'ordre et autant de goût, à un service aussi nom- « breux, aussi compliqué et qui ait duré si longtemps. » Cet éloge résume et remplacerait au besoin tous les éloges.

Le roi inaugura (12 juin 1837) la restauration du palais de Versailles, entouré de l'élite de la bourgeoisie, des grands dignitaires de l'armée et de toute sa cour. Les magnificences de cette journée appartiennent à l'histoire du monarque ; nous devons dire toutefois que le duc d'Orléans et sa jeune épouse furent les deux personnages en relief au milieu de cette assemblée de 2,000 personnes, pour lesquelles cette union était comme un gage de long et heureux avenir.

On rentra à Paris pour les réjouissances, auxquelles le peuple fut convié ; tout était joie et bonheur pour les nouveaux époux ; mais, dès le début du programme, tous les esprits s'assombrissent, et, comme un fatal pressentiment, la catastrophe du Champ-de-Mars rappelle le souvenir des malheurs du mariage de Louis XVI.

Plusieurs personnes furent étouffées et écrasées par la foule qui était immense.

Le plus ému à ces tristes récits, ce fut le duc d'Orléans. Il était cinq heures du matin quand le ministre de l'intérieur lui vint apporter cette fatale nouvelle. Triste réveil après tant de joies amoncelées ! On voulut en vain cacher quelques heures encore cette horrible aventure à madame la duchesse d'Orléans ; avec cet instinct merveilleux que donne le cœur, madame la duchesse d'Oléans comprit à l'instant même que quelque chose s'était dérangé dans son bonheur. Tout le château des Tuileries se réveilla comme frappé de la foudre ; à chaque instant on comptait les morts, à chaque instant c'était un nouveau désastre. Le roi et le prince royal envoyaient de toutes parts pour savoir la fin de ces tristes nouvelles et pour apprendre quelles douleurs leur restaient à consoler, de quelles veuves ils devaient être les appuis, de quels orphelins ils allaient être les pères. Jamais sollicitude ne fut plus touchante et plus active. La ville de Paris ne sut que bien longtemps après le roi tous ces désastres ; le conseil municipal, ainsi troublé dans les préparatifs de sa fête, s'assembla à l'instant même pour savoir si la fête aurait lieu. Il y a tant de circonstances dans l'histoire des peuples où l'intérêt général doit l'emporter sur l'intérêt privé, où le deuil de quelques-uns ne doit pas troubler la joie de tous, que, malgré son affliction profonde, le conseil municipal hésitait encore à renoncer à toute cette fête si hautement annoncée, si hautement préparée, à laquelle tant d'existences étaient dévouées et tant d'affaires étaient soumises. M. le duc d'Orléans, impatient de ces débats et de ces lenteurs, veut lui-même s'en expliquer avec le conseil de la ville. Il ne se donne pas le temps d'attendre sa voiture, et, montant dans celle de M. le comte de Montalivet, il arrive à l'Hôtel-de-Ville, dans la salle du conseil, et là, d'une voix émue et avec une conviction pleine de tristesse et d'énergie, le prince royal parla ainsi :

« J'ai voulu vous dire à tous, comme je l'ai déjà fait
« connaître à votre commission, les raisons que j'ai, le vif

« désir que j'éprouve de voir ajourner le bal qui devait « avoir lieu ce soir.

« Un grand malheur est arrivé hier, malheur dont on « ne peut accuser personne, mais qui n'en est pas moins « réel. Ce triste événement a eu lieu pendant une fête dont « mon mariage était l'occasion. Eh bien! messieurs, je « l'avouerai, j'éprouve une répugnance invincible à la « pensée de me réjouir, de paraître même en public avant « d'avoir rempli le devoir que m'impose ce déplorable « accident, et avant d'avoir enterré les victimes... Je prie « le conseil municipal de vouloir me laisser toute initiative « dans cette triste occasion; c'est à moi de porter des « secours et des consolations aux familles de ces malheu- « reux; la ville de Paris peut me confier ce soin; je « serai fidèle à m'en acquitter.

« Les victimes appartiennent à des classes laborieuses; « il ne faut pas qu'on puisse dire que nous avons dansé « près de leurs cadavres, que nous avons manqué au res- « pect qui est dû à l'humble convoi du pauvre comme aux « funérailles du riche! »

En conséquence de ces nobles et touchantes paroles, il a été décidé que la fête de l'Hôtel-de-Ville serait remise, que le repas préparé pour le roi serait distribué aux pauvres de la ville. — Le conseil allait encore voter des secours pour les malheureuses victimes du Champ-de-Mars; mais le prince royal s'est écrié : *Ils m'appartiennent!* Le conseil municipal a donc laissé au duc d'Orléans tous ces deuils à consoler, toutes ces misères à secourir, et c'était bien la moindre consolation qu'on pouvait laisser au jeune prince dans une telle affliction!

Par l'ordre du prince en effet d'abondantes aumônes furent répandues ; il fonda des pensions pour les veuves et les orphelins, et consacra plus 500,000 fr. à soulager toutes les infortunes qui lui furent signalées. C'était religieusement débuter dans l'emploi du million de rente dont les chambres venaient de le doter. Nous devons reconnaître que le duc d'Orléans en fit constamment un généreux usage : il se fit patron des artistes.

Une expédition nouvelle se préparait en Algérie ; le prince tint à honneur d'en faire partie ; il eut à lutter contre les résistances du conseil des ministres et les désirs de sa famille ; mais sa volonté l'emporta, et le 5 octobre 1839 il débarqua de nouveau sur la côte d'Afrique, visita Constantine et Mascara, d'où il se mit en marche dirigeant la colonne vers les *Portes de Fer*, effrayant chaos devant lequel avaient reculé les légions romaines.

Au mois de mars 1840, le prince revint de nouveau en Afrique où le jeune duc d'Aumale allait faire ses premières armes. Le duc d'Orléans lui donna au col de Mouzaïa l'exemple du sang-froid et de la bravoure militaire.

Ici finit la vie d'action du prince : les deux années qui lui restaient, il les passa au milieu des jouissances de la famille, livré tour-à-tour à l'étude et aux plaisirs, faisant marcher de front ses rapports avec les hommes politiques et avec les artistes. On n'a pas oublié, dit M. Eugène Briffaut dans son rapide aperçu sur le prince royal, la riche et élégante impulsion que les salons du pavillon Marsan avaient donnée aux plaisirs de la jeune cour, ces concerts dont l'exécution était confiée aux plus célèbres artistes, ces bals si fraîchement pompeux et ces fêtes historiques, si fastueuses, si vraies, si ingénieuses et si amusantes. Chantilly et les courses de tous les hippodromes trouvaient le prince royal empressé à seconder de ses efforts les plaisirs de la ville. Personne ne s'était plus que lui attaché à l'amélioration de la race des chevaux ; il cherchait en toutes choses un but d'utilité. Le haras de Meudon avait été fondé par ses soins. C'est un gymnase hippique dans lequel chaque élève a son cottage ; il est impossible de trouver en ce genre un établissement plus complet et mieux ordonné que cette villa des chevaux du prince royal.

Il avait adopté de l'ancienne vénerie tout ce qu'il convenait à un prince de conserver de ses traditions, et aux nouvelles coutumes de la chasse il avait franchement demandé tout ce qui allait à son amour pour les exercices qui entretenaient la vigueur et la santé. Il faisait aux chasseurs fameux les honneurs de ses équipages avec une grace parfaite ; il mettait à leur discrétion ses domaines et le gibier dont ils avaient besoin pour repeupler leurs forêts dévastées. A la chasse et aux courses, sans revenir à des formes surannées, sans sortir de la simplicité qui lui était habituelle, il était le premier des *gentlemen.* Il excellait dans les exercices du corps, et il les recherchait avec passion ; la gymnastique, la natation, l'équitation et l'escrime étaient ses délassemens favoris ; il y conviait tous ceux qui l'entouraient, et dans ces jeux il apportait toujours un esprit de franche égalité.

Nous le répétons, au milieu de ses délassemens princiers, le duc d'Orléans s'occupait de choses graves et sérieuses. Il écrivait l'histoire des campagnes d'Afrique, dont il voulait confier la révision à M. Charles Nodier, et avait déjà tracé celle du 2e léger, l'un des régimens qui se sont le plus distingués dans cette guerre de dix ans.

Ces travaux, ces grandeurs, ces espérances, ces illusions, tout ce brillant avenir s'est évanoui en un instant.

RÉCIT OFFICIEL

DE LA

Catastrophe du 13 Juillet.

Le 13 juillet, à midi, M. le duc d'Orléans devait partir pour Saint-Omer, où S. A. R. devait inspecter plusieurs des régimens désignés pour le corps d'armée d'opération sur la Marne. Ses équipages étaient commandés, ses officiers étaient prêts. Tout se disposait au pavillon Marsan pour ce voyage, après lequel S. A. R. devait aller rejoindre Mme la duchesse d'Orléans aux eaux de Plombières.

A onze heures, le prince monta en voiture dans l'intention d'aller à Neuilly faire ses adieux au roi, à la reine et à la famille royale.

La voiture qui conduisait le prince était un cabriolet à quatre roues, en forme de calèche, attelé de deux chevaux à la Daumont.

6

Cet équipage était celui dont S. A. R. se servait habituellement pour ses courses dans les environs de Paris. Le prince était seul, n'ayant permis à aucun de ses officiers de l'accompagner.

Arrivé à la hauteur de la porte Maillot, le cheval monté par le postillon s'effraya et prit le galop. Bientôt la voiture fut emportée dans la direction du chemin de la Révolte. Le prince, voyant que le postillon était dans l'impossibilité de maîtriser ses chevaux, mit le pied sur le marchepied de la voiture, lequel est très près de terre, et sauta sur la route, à peu près à moitié du chemin de l'avenue qui est perpendiculaire à la porte Maillot. Les deux pieds du prince touchèrent le sol, mais la force de l'impulsion le fit trébucher, la tête porta sur le pavé, la chute fut horrible. S. A. R. resta sans connaissance à la place où elle était tombée.

On accourut au secours du prince et on le transporta dans la maison d'un épicier, situé sur la route, à quelques pas de là, vis-à-vis des écuries de lord Seymour (1). Pendant ce temps, le postillon s'était rendu maître des chevaux, et il revenait se mettre à la disposition du prince.

S. A. R. n'avait pas repris ses sens. Elle fut étendue sur un lit, dans une des salles du rez-de-chaussée, et on se mit en quête des premiers secours que réclamait la gravité de son état. M. le docteur Baumy, médecin des environs, accourut et lui donna les premiers soins. Une saignée fut pratiquée : elle ne produisit aucun bien.

Cependant la nouvelle de cet accident avait été apportée à Neuilly. La reine était partie à pied en toute hâte; le roi l'avait suivie. S. M. avait dû aller à midi présider le conseil des ministres aux Tuileries. Ses voitures étaient prêtes; elles rejoignirent LL. MM. qui, accompagnées de Mme la princesse Adélaïde et de Mme la princesse Clémentine, continuèrent leur route en voiture jusqu'à la maison où M. le duc d'Orléans avait été porté, et où il ne donnait presque

(1) « Il n'est pas juste, dit un des ouvriers, qu'un prince français meure chez un Anglais. »

plus aucun signe de vie. On se figure plus aisément qu'on ne les décrit l'émotion et la douleur de LL. MM. et de LL. AA. RR. en présence d'un pareil spectacle.

Cependant M. le docteur Pasquier fils, premier chirurgien du prince royal, venait d'arriver. En même temps, M. le duc d'Aumale, accouru de Courbevoie, et M. le duc de Montpensier, de Vincennes, avaient rejoint leurs augustes parens.

Le docteur, après avoir examiné l'état du blessé, avait déclaré que sa situation était des plus graves. On craignait un épanchement au cerveau, et tous les symptômes se réunissaient malheureusement pour donner crédit à cette appréhension redoutable. Chaque minute semblait empirer le mal. Le prince n'avait pas repris un seul instant connaissance. Quelques mots, confusément prononcés en langue allemande, avaient seuls pu inspirer un espoir presque aussitôt évanoui que conçu.

Le roi avait fait prévenir les ministres rassemblés en conseil aux Tuileries, et qui s'étaient immédiatement rendus à Sablonville, dans la maison où S. A. R. se mourait. M. le maréchal duc de Dalmatie, président du conseil, M. le maréchal Gérard, MM. les ministres de la justice, des affaires étrangères, de l'intérieur, de la marine, des finances et de l'instruction publique, étaient présens. M. le chancelier de France, M. le préfet de police, M. le lieutenant-général Pajol, M. le général Aupick, les officiers de la maison du roi et des princes, étaient accourus et avaient été introduits dans l'espace laissé libre près de la maison, et entouré d'un cordon de sentinelles.

A deux heures, le mal empirant, le roi a donné l'ordre de faire prévenir Mme la duchesse de Nemours, qui était restée à Neuilly, d'après le désir de S. M. La princesse est arrivée quelques instans après, accompagnée de ses dames.

Aucune plume ne peut rendre l'aspect déchirant que présentait la chambre où le prince royal avait été déposé, au moment où la duchesse de Nemours était venue confondre ses larmes avec celles de sa famille. La reine et les princesses étaient agenouillées auprès du lit du prince mourant, versant sur cette tête si chère des flots de larmes et de prières. Les princes sanglotaient. Le roi, debout, immobile, les yeux fixés sur le visage décoloré de son fils, suivait les progrès du mal dans un silence douloureux. Au dehors, la foule augmentait à chaque minute, éperdue et consternée. M. le curé de Neuilly et son clergé, prévenus par ordre du roi, s'étaient immédiatement rendus à Sablonville.

Cependant, sous l'influence d'une médication énergique, l'agonie du prince se prolongeait. La vie se retirait, mais lentement, et non sans lutter contre la destruction qui allait emporter tant de jeunesse. Un moment la respiration parut plus libre; le pouls devint sensible; et comme les cœurs désolés se rattachent aux moindres espérances, on se reprit à espérer. Un instant de calme interrompit cette longue scène d'affliction. Mais cette lueur d'espoir disparut bientôt. A quatre heures, le prince royal était en proie à tous les symptômes les moins équivoques d'une fin prochaine. A quatre heures et demie, il rendait son ame à Dieu, béni par la religion, qui avait assisté ses derniers momens, entre les bras du roi son père, qui avait incliné ses lèvres sur ce front mourant, sous les larmes de sa mère infortunée, au milieu des sanglots et des cris de douleur de toute sa famille.

Le prince mort, le roi avait entraîné la reine dans une pièce contiguë à la chambre mortuaire, et où les ministres, les maréchaux et tous les assistans étaient rassemblés. On se précipite aux pieds de la reine. « Quel malheur pour notre famille! s'écrie S. M., mais » quel affreux malheur aussi pour la France! »

Et en prononçant ces mots la reine sanglotait. Autour d'elle tout était larmes, gémissemens, désolation. Le roi s'est approché du maréchal Gérard, qui fondait en larmes, et lui a serré la main avec une indicible expression de douleur paternelle, de résignation magnanime et de fermeté toute royale.

Cependant la dépouille mortelle du prince royal avait été placée sur une litière, recouverte d'un drap blanc. La reine avait refusé de remonter dans sa voiture, et elle avait déclaré qu'elle accompagnerait le corps de son fils jusqu'à la chapelle du palais de Neuilly, où elle avait voulu qu'il fût exposé. En conséquence, on avait fait venir en toute hâte une compagnie d'élite du 17e régiment d'infanterie légère pour former la haie sur le passage du cortége funèbre; et c'est ainsi que ces braves, qui avaient accompagné le prince royal dans le défilé des Portes-de-Fer et sur les hauteurs de Mouzaïa, servirent d'escorte à son convoi. Plusieurs soldats pleuraient. Tous se rappelaient avec quelle valeur brillante le duc d'Orléans abordait l'ennemi, par quelle bienfaisance délicate et généreuse il savait tempérer la rigueur nécessaire du commandement.

A cinq heures, le lugubre cortége s'est mis en route. Le lieutenant-général Athalin marchait en avant de la litière, qui était portée par quatre sous-officiers. Derrière le corps suivaient à pied : le roi, la reine, Mme la princesse Adélaïde, Mme la duchesse de Nemours, Mme la princesse Clémentine, M. le duc d'Aumale, M. le duc de Montpensier. Venaient ensuite M. le maréchal Soult, les ministres, le maréchal Gérard, les officiers-généraux, les officiers du roi et des princes, et toute la foule des assistans.

Le convoi parcourut ainsi l'avenue de Sablonville, franchit la vieille route de Neuilly et entra dans le parc royal, qu'il traversa dans toute sa longueur. Le roi n'avait voulu céder à personne le droit de conduire ce premier deuil de son fils aîné. Il est ainsi arrivé, accompagné de la reine, jusqu'à la chapelle du château, où LL. MM. et LL. AA. RR., après s'être agenouillées devant l'autel, ont laissé le corps de leur enfant bien-aimé sous la garde de Dieu !

Le soir, la famille royale s'est retirée. Le chancelier et les ministres seuls ont été admis chez le roi.

A sept heures, M. Bertin de Vaux, officier d'ordonnance du prince royal, et M. Chomel, premier médecin de S. A. R., sont partis pour Plombières, où Mme la duchesse d'Orléans devait passer une saison de bains. Au milieu des émotions déchirantes de cette journée funeste, le souvenir de cette princesse infortunée n'a pas cessé d'être présent à la pensée de sa famille d'adoption, et son nom se mêlait à toutes les larmes.

A neuf heures, Mme la duchesse de Nemours et Mme la princesse Clémentine, accompagnées de Mme Angelet et de M. le lieutenant-général de Rumigny, ont également pris la route de Plombières.

LL. AA. RR. sont chargées de porter à la duchesse d'Orléans des lettres du roi et de la reine.

A dix heures, M. le duc d'Aumale, accompagné de M. le comte de Montguyon, aide-de-camp du prince royal, a été envoyé par le roi au pavillon Marsan, où il a été procédé, en sa présence, à la mise des scellés sur les papiers de S. A. R.

M. le commandant de Larue, officier d'ordonnance du roi, est parti pour le château d'Eu, avec mission de ramener LL. AA. RR. le comte de Paris et le duc de Chartres, qui devaient passer la saison des bains de mer dans cette résidence.

A onze heures du soir, M. le duc d'Aumale est revenu au château de Neuilly, où S. A. R. s'est établie avec le duc de Montpensier.

Un courrier a été expédié à M. le duc de Nemours, et l'ordre a été envoyé à Toulon de diriger un bateau à vapeur vers les côtes de Sicile, où l'on suppose que l'escadre de l'amiral Hugon, dont fait partie le prince de Joinville, doit se trouver en ce moment.

NOTES.

L'auteur de ces poésies a reçu des témoignages de gratitude qui l'honorent et dont il est grandement flatté. Les suffrages qu'il a recueillis, à l'occasion des publications poétiques qu'il a faites, sont des titres que les poètes enregistrent toujours avec complaisance dans l'album de leurs souvenirs. Ces titres leur appartiennent, et l'indiscrétion qu'ils commettent, en les révélant, a sa justification dans l'honneur qu'ils en retirent, et dans la sincérité des sentimens exprimés; surtout lorsque cette révélation ne peut que faire connaître par leur beau côté les ames qu'il a eu le bonheur d'émouvoir.

Quelques journaux, quoique l'auteur n'appartienne à aucune des coteries qui distribuent l'éloge et le blâme, ont bien voulu attirer l'attention de leurs lecteurs sur les poèmes de ce volume; l'auteur a pris la liberté de s'en prévaloir, et d'en citer quelques fragmens.

SUR L'ODE : ETRE ROI DES FRANÇAIS.

L'ostracisme pèse toujours sur la famille de l'empereur Napoléon; M. Belmontet, le poète dévoué de l'empire, qui a publié en 1831 une brochure adressée aux chambres, pour l'abrogation de la loi de proscription, brochure traduite en anglais, vient de reproduire le même vœu d'abrogation, dans une ode au roi, intitulée : *Être roi des Français*, c'est-à-dire *roi des idées généreuses*.

Ce nouveau poème lyrique de l'auteur d'*Une Fête de Néron* se distingue comme toutes ses autres poésies par l'éclat de la forme, l'énergie du style et l'élévation de la pensée.

(*Le Compilateur.*)

SUR LES FUNÉRAILLES DE L'EMPEREUR.

Le secrétaire des commandemens de S. A. R. Mgr. le Prince de Joinville.

A. M. Belmontet,

Mgr le prince de Joinville me charge de vous dire qu'il a été bien touché de l'envoi de vos vers. Vous avez bien jugé ses sentimens, en le croyant disposé à sympathiser avec les vôtres en ce qu'ils ont d'élevé et de vraiment national. Il apprécie vivement les beautés de votre poésie, comme il estime hautement les inspirations de patriotisme supérieures à tout esprit de parti, dont vos vers sont animés. Il est heureux que le dévouement avec lequel il a rempli la grande mission dont il était chargé lui ait valu d'aussi précieux suffrages.

Tuileries, 7 janvier 1841.

Le prince de Joinville fit don au poète d'un fragment du cercueil de l'Empereur Napoléon. — Le poète à son tour l'offrit à sa ville natale de Montauban, qui accepta ce don avec reconnaissance. Le bois funèbre encadré dans un reliquaire fut déposé, par une décision du conseil municipal, dans la chambre du conseil.

On a placé, écrivait un des citoyens les plus éminens de cette ville (M. de Molières), on a placé au-dessus du reliquaire le drapeau tricolore affecté au département de Tarn-et-Garonne, dans la solennité de la translation des cendres. Un si précieux dépôt a été reçu avec un sentiment profond de patriotisme respectueux. L'auguste débris devient notre palladium. Le don que vous a fait le prince de Joinville est une pensée délicate et noblement nationale qui fait honneur à son caractère.

On dirait que vos vers sont taillées dans l'airain, tant ils ont de relief et de puissance; ils nous rendent avec énergie le Napoléon du grand peuple et de la grande colonne; d'autres n'en ont fait que de pâles lithographies. Les grandes pensées appellent naturellement l'élévation du langage, et jamais plus hautes conceptions ne rencontrèrent une poésie plus en harmonie avec elles.

Montauban,

S. de Molières.

Ministère de l'Intérieur.

Monsieur, j'ai lu le poème sur Napoléon, que vous avez bien voulu m'adresser. Veuillez en recevoir mes remercimens. Je trouve que vos vers sont dignes de vous et de votre sujet.

Agréez l'assurance, etc.

Le Ministre de l'Intérieur.

Vos vers sont admirables, cher ami, et vous êtes le seul homme qui admire véritablement Napoléon.

Tout à vous,

Alexandre Soumet.

J'ai lu vos beaux vers : c'est bien mieux que bien. Vous savez que je n'aime pas son despotisme, mais que j'admire sa gloire, et partage l'orgueil de ceux qu'il a grandis.

Je suis bien reconnaissant que vous ayez pensé à moi, quand même. Séparé par quelques opinions, ici bien bas, on se rejoint dans les hauteurs du sentiment et de la poésie.

Lamartine.

Vos vers, mon cher ami, m'ont tenu lieu de la grande cérémonie. Qui mieux que vous reproduit dans sa poésie la grandeur et le génie de l'Empereur?

Maintenant que les augustes cendres de l'homme immortel sont arrivées en France, malgré mes maux, je ferai le pélerinage de Paris. J'invoque la providence pour pouvoir remplir ce pieux devoir. Qui a plus connu que moi Napoléon, auprès duquel je me trouvais à la bataille des Pyramides, et dans toute la campagne d'Égypte? Je puis dire que dans sa vie privée je n'ai jamais connu de chef plus poli, plus affable, plus généreux. Combien de fois, en me frappant sur l'épaule gauche, ne m'a-t-il pas dit : F. M..., je suis content de vous.—O souvenirs chers et précieux! que ne pouvez-vous ressusciter encore!... mon ame en sera émue jusqu'au tombeau. Combien de fois les larmes ne coulent-elles pas de mes yeux, lorsque le soir je passe une heure devant la statue de Napoléon, l'admirant et causant avec lui!... consolations, erreurs bien pardonnables, puisqu'il s'agit de l'homme que j'ai tant aimé, et à la mémoire duquel appartient tout mon sang!!!

J'aime votre poésie qui me le rend!...

F. de M..., ancien chambellan du roi de Hollande.

Janvier 1841.

Bravo, mon cher Belmontet : c'est encore plus beau d'exécution que de composition, si cela est possible. Je raffole de votre ode qui est aussi haute que la gloire qu'elle célèbre. Jamais, cher poète, vous n'avez fait vous-même rien de si complètement beau. Quelle forme sculptée! quelles rimes! quelle large harmonie! comme l'art chez vous est au niveau de la pensée!

Merci et bravo encore.

Émile Deschamps.

Mon cher ami, vos vers sont dignes du grand Napoléon. Comme il vous eût estimé, ce Grand-Homme! que vous le comprenez bien!

Votre dévoué,

Le général baron Sourd.

ODE SUR LE BAPTÊME DU COMTE DE PARIS.

Tuileries, secrétariat des commandemens de S. A. R. Monseigneur le duc d'Orléans.

Monsieur,

Monseigneur le duc d'Orléans a pris lecture du poème que vous a inspiré le baptême du comte de Paris, avec tout l'intérêt que ne pouvait manquer de lui causer l'œuvre d'un talent bien connu. S. A. R. a été vivement touchée des sentimens et des vœux que vous avez su rendre avec une expression si poétique.

J'ai l'honneur en même temps de vous remercier au nom du prince Royal de lui avoir adressé un exemplaire de l'*Ode Patriotique* à l'immortalité de l'Empereur, dont vous avez fait hommage au prince de Joinville.

Le Secrétaire des commandemens de S. A. R.

Un riche médailler, offert à l'auteur par le duc d'Orléans, accompagnait la lettre écrite au nom de S. A. R., et le poète eut l'honneur de lui répondre ces mots : Monseigneur, je le garderai comme un précieux souvenir, le médailler charmant que Votre Altesse a daigné m'envoyer. Il était impossible de faire à mes vers de poète national une réponse plus délicate et plus poétique en même temps. Quoi de plus touchant et de plus imposant que ce chaste tableau de famille où l'on voit réunies tant de vertus, ces forces de la royauté ?

Il m'est donc doux de penser que votre Altesse Royale n'est pas indifférente à l'horoscope dont ma muse indépendante a salué l'avenir de votre auguste enfant. La poésie doit plaire aux nobles cœurs, surtout lorsqu'elle est l'émanation d'un sentiment patriotique et l'expression d'une pensée de gloire.

SUR L'ODE CONSACRÉE A LA CATASTROPHE DU 13 JUILLET.

Cabinet du Roi, Neuilly, 11 *août* 1842.

Monsieur, vous avez bien voulu faire hommage au Roi des vers que vous a inspirés l'affreux malheur du 13 juillet. S. M. a été touchée de cette expression de sentimens qui répondent à sa profonde douleur, et je suis chargé de vous en remercier de sa part.

Le Secrétaire du Cabinet.

Secrétariat des commandemens de la Reine.

MONSIEUR,

La Reine a recu les vers qui vous ont été inspirés par l'affreux événement qui plonge dans le deuil la famille royale et la France. S. M. s'est montrée sensible à ce témoignage de votre vive sympathie pour la douleur qui déchire son cœur maternel, et m'a chargé de vous en faire parvenir, en son nom, de sincères remercîmens.

Agréez, etc.

Le Secrétaire des commandemens.

MONSIEUR,

S. A. R. Madame Adelaïde est bien touchée des sentimens que vous exprimez à l'occasion du malheur affreux qui a plongé la France et sa famille dans le deuil; elle vous remercie de l'envoi de vos vers auquel elle est fort sensible.

J'ai l'honneur, etc.

Le Secrétaire des commandemens de S. A. R.

Madame la duchesse d'Orléans a été vivement touchée de l'envoi de vos vers et de ce témoignage de votre sympathie. Elle me charge de vous en faire de sincères remercîmens.

Veuillez agréer, etc.

Le Secrétaire des commandemens de S. A. R.
Madame la duchesse d'Orléans.

Neuilly, le 12 *août* 1842.

Monseigneur le prince de Joinville n'a pu qu'être vivement touché des sentimens qui animent votre poésie, sur la mort de son noble frère. Les hautes inspirations du sentiment national s'y reproduisent par de grandes et fortes pensées.

Le Secrétaire des commandemens de S. A. R. le prince de Joinville.

Tuileries, 15 *août* 1842.

MONSIEUR,

Monseigneur le duc d'Aumale a lu avec un vif et douloureux intérêt les vers que vous lui avez adressés. Son Altesse Royale me charge de vous remercier pour ce témoignage de vos sentimens que relève un si beau langage. La catastrophe du 13 juillet avait été pleurée par le peuple : vous avez noblement traduit l'émotion populaire. Le duc d'Aumale vous remercie d'avoir donné un si harmonieux écho à la douleur publique et aux regrets éternels de sa famille.

Le Secrétaire des commandemens de S. A R. le duc d'Aumale.

MONSIEUR,

Monseigneur le duc de Montpensier a reçu avec reconnaissance et lu avec le plus vif intérêt l'ode que vous avez consacrée à la mémoire de S. A. R. le duc d'Orléans. Son Altesse Royale me charge, Monsieur, d'avoir l'honneur de vous remercier des nobles sentimens que vous exprimez si bien dans vos beaux vers.

Agréez, etc.

Le Secrétaire des commandemens.

Neuilly, 9 août 1842.

Ministère de l'Instruction publique.

Monsieur, j'ai reçu l'ode que vous avez consacrée au douloureux événement du 13 juillet. Je vous remercie de la communication que vous avez bien voulu me faire de votre poème vraiment lyrique. On y retrouve le talent dont vous avez donné tant de preuves.

Veuillez agréer, etc.

Le pair de France, ministre de l'Instruction publique,

VILLEMAIN.

La Rochelle, 20 *août* 1842.

Nous avons lu avec un douloureux plaisir la belle ode que vous avez consacrée au deuil royal. C'est un sujet grand et sombre, et votre génie s'est empreint de la majesté du cercueil. Les accens bibliques sont toujours sublimes. La poésie, à la manière de Bossuet, grace à vous, n'a pas manqué à cette mort effrayante, elle a noblement remplacé l'oraison funèbre, et la vôtre a aussi le vol de l'aigle. Quelle vérité dans ce vers :

Le grand trône de France a des abords terribles!...

Bien terribles en ce moment, etc. Adieu et merci encore.

L'auteur de la tragédie : le *Gladiateur*.

Paris, 17 août.

Merci et bravo toujours, cher poète! votre ode est superbe de philosophie et de lamentable poésie! vous êtes tout entier dans votre ode, et c'est beaucoup.

Votre ami

Émile DESCHAMPS.

Palais-Royal, 9 *août* 1842.

J'ai lu vos vers avec grand plaisir. Vous avez traduit avec émotion, chaleur et entraînement l'émotion publique, et vous avez puisé dans cette grande douleur de nobles et patriotiques inspirations. Tel est mon avis, et il ne m'en coûterait pas de l'exprimer hautement.

Votre très affectionné confrère,

CUVILIER FLEURY.

La mort du duc d'Orléans, dont les conséquences ont été si dignement et si noblement appréciées par M. J. Laffitte, du haut de la tribune parlementaire, devait, même en dehors de toute question politique, exciter les sympathies et les inspirations des muses nationales. La perte du jeune prince, élève de nos libertés, a profondément ému, non seulement la France, mais l'Europe entière. L'un de nos poètes, dont le patriotisme ne fait jamais défaut aux émotions du pays, M. Belmontet, vient de composer une ode nouvelle sur ce lamentable sujet, qu'on peut considérer comme une oraison funèbre et lyrique, tout à fait à la hauteur de la circonstance. La poésie est une des voix les plus élevées de la nation. M. Belmontet, que la jeune France compte au nombre de ses poètes lyriques les plus distingués, a déployé dans son nouveau poème toute la richesse d'imagination et la vigueur de pensée qui caractérisent son talent éminemment national; dans son ode sur le duc d'Orléans, il n'à pas oublié son acte d'adoration envers le grand Empereur.

(Le journal, *la Patrie.*)

LE TREIZE JUILLET.

Les poètes se sont enfin réveillés. L'un des plus remarquables parmi eux, M. L. Belmontet, ne pouvait rester indifférent au grand deuil public. M. Belmontet a été patriotiquement inspiré, et son ode, *le* 13 *Juillet,* aura le succès qu'ont toujours eu les énergiques poésies de l'auteur. L'opinion politique de M. Belmontet a fléchi devant la calamité nationale; c'est un bel éloge pour le malheureux prince qui nous a été si cruellement ravi.

(*Le Notariat.*)

En poésie, il n'y a pas d'exclusion politique, quand les pensées sont élevées, et quand les vers sont beaux. La mort déplorable du duc d'Orléans a excité de profondes sympathies même dans les rangs de l'opposition. Un de nos poètes lyriques distingués vient de publier, à l'occasion de ce douloureux événement, une ode remarquable par l'ampleur des idées et la richesse des images. Cette publication honore le poète patriote autant que l'auguste victime qui en est l'objet. Les vers sont à la hauteur de la catastrophe qui les a inspirés. La mort du prince était digne d'un hommage aussi touchant et aussi désintéressé.

(*La Presse.*)

Imprimerie de Félix Malteste et Cie, 18, rue des Deux-Portes-St-Sauveur, 18.

www.ingramcontent.com/pod-product-compliance
Ingram Content Group UK Ltd.
Pitfield, Milton Keynes, MK11 3LW, UK
UKHW020930180726
13838UKWH00002B/869